十萬
對敵劍

Fantastic Oriental Heroes

십만대적검

오채지
新무협 판타지 소설

십만대적검 7

오채지 新무협 판타지

초판 1쇄 찍은 날 § 2013년 7월 25일
초판 1쇄 펴낸 날 § 2013년 7월 31일

지은이 § 오채지
펴낸이 § 서경석

편집부장 § 권태완
편집책임 § 어정원
디자인 § 신현아

펴낸곳 § 도서출판 청어람
등록번호 § 제1081-1-89호
등록일자 § 1999. 5. 31
어람번호 § 제2-2374호

주소 § 경기도 부천시 원미구 심곡2동 163-2 서경B/D 3F (우) 420-822
전화 § 032-656-4452 팩스 § 032-656-4453
http://www.chungeoram.com
E-mail § chungeorambook@daum.net

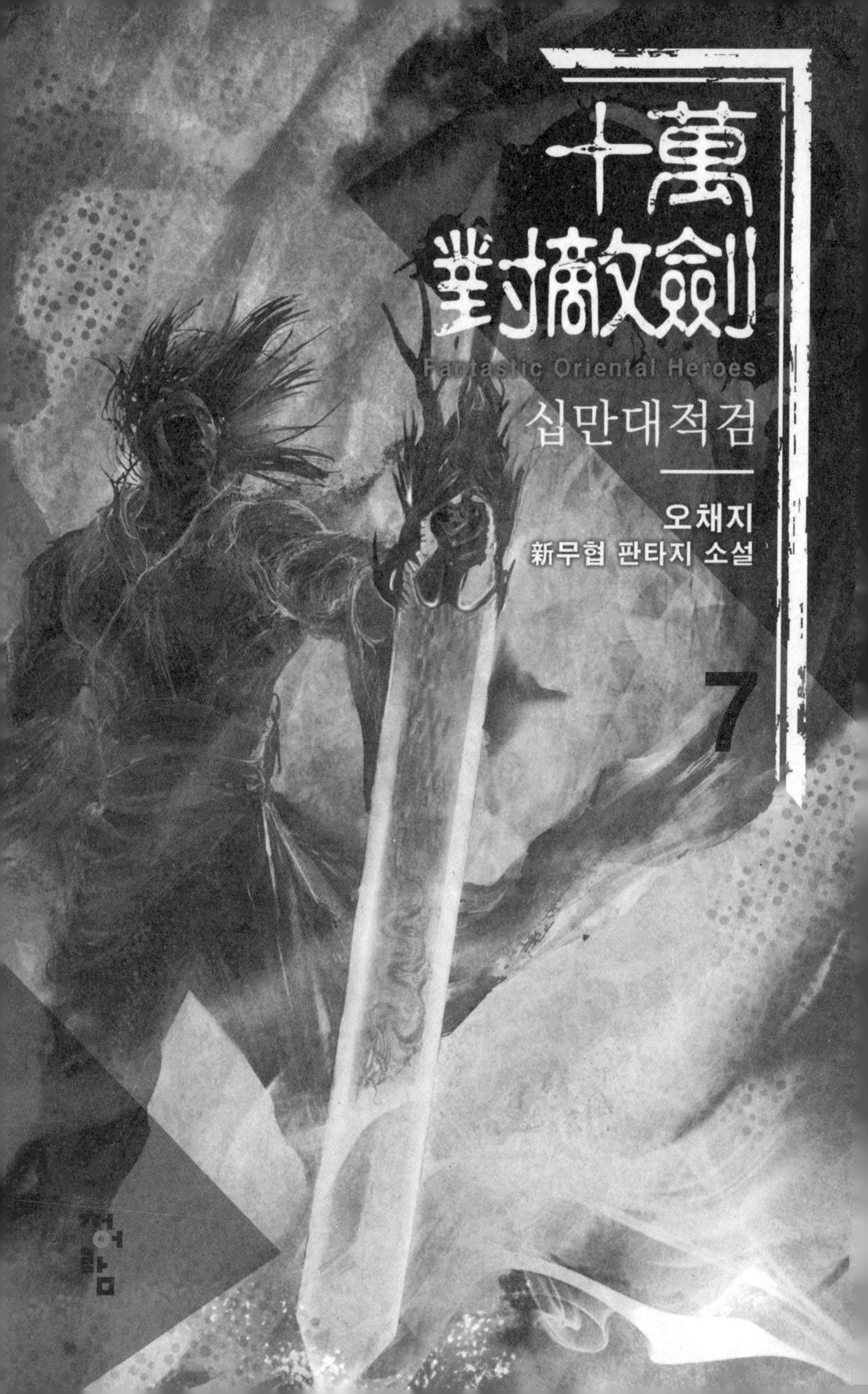
十萬
對敵劍
Fantastic Oriental Heroes
십만대적검
오채지
新무협 판타지 소설
7

目次

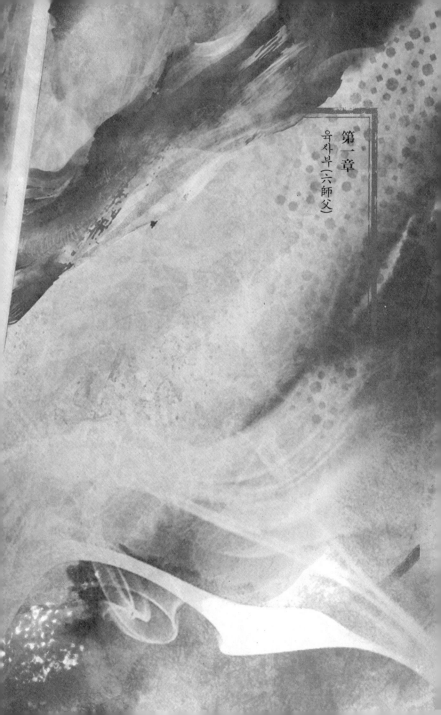

第一章
육사부(六師父)

　금화선부에서 북쪽으로 십 리 정도 떨어진 운대산 기슭에 자그마한 호수가 들어앉아 있었다. 해마다 겨울이 되면 기러기 백여 마리가 날아와 이듬해 봄까지 머물다 떠나는 탓에 호수는 언제부턴가 홍지(鴻池)라는 이름까지 얻었다.

　사방이 울창한 수림으로 뒤덮인 데다 길까지 험해 찾는 사람이 없는 호수 한가운데는 거대한 뗏목 위에 지은 수상가옥이 한 채 떠 있었다.

　해가 지는 방향을 따라, 바람을 따라, 사철 풍광을 따라 언제든 자유롭게 위치를 옮길 수 있는 수상가옥의 이름은 가인옥(佳人屋). 본래는 상왕 벽금성이 가문의 대를 잇게 해준 며느리 윤씨에게 고마움의 뜻을 담아 누구에게도 방해받지 않고 혼자만의 시간을 가질 수 있는 공간을 만들어준 것이다.

하지만 이건 어디까지나 겉으로 나도는 얘기일 뿐, 실상은 윤씨가 금화선부로 들어왔을 당시 비천한 출신으로 말미암아 가문의 명예가 땅에 떨어질 위기에 처하자 상왕이 임시방편으로 마련해 준 외부의 처소였다.

사람의 발길이 없는 곳이니 그녀의 생활에 대해 이러쿵저러쿵 말 나올 것이 없고, 금화선부로부터 그리 멀지 않으니 아들 벽사룡이 언제든 찾아가 만날 수 있으니 그야말로 일석이조의 장소라 할 수 있었다.

말 그대로 상왕은 윤씨를 이곳에 숨겨두고 싶어 했다. 하지만 벽사룡의 강력한 반대로 말미암아 윤씨는 계속해서 금화선부에 머물렀고, 가인옥은 언제부턴가 사람들의 뇌리에서 잊히었다.

그리고 언제부턴가 달조차 뜨지 않는 밤이 되면 유령들이 홍지와 가인옥 주변을 어슬렁거린다는 소문이 돌았다.

사람들은 까맣게 몰랐다.

훗날 청화부인이 된 며느리 윤씨가 이곳에서 아들 벽사룡의 스승들인 육사부와 정기적으로 만났으며, 금화선부를 장악하는 모든 음모를 꾸몄었다는 사실을.

　청화부인은 양털을 깐 태사의에 앉아 있었다.

　간밤에 금화선부에서 수많은 사람들이 죽어 나가는 와중
에도 그녀는 줄곧 이곳에 머물렀고, 시시각각으로 보고를 받
았다.

　그리고 지금 상왕이 죽고, 적들의 마지막 보루였던 창월루
를 탈환함으로써 금화선부를 완전히 장악했다는 최종보고를
받는 중이었다.

　보고는 끝까지 살아남아 금화선부를 빠져나간 몇 사람에
대한 이야기로 이어지고 있었다.

　"장원의 동북쪽에 위치한 운대산 기슭에서 비밀통로의 출
구로 추측되는 지점을 발견했습니다. 흔적으로 미루어 오십
여 명 모두가 무사히 탈출한 것 같습니다. 주요인물로는 철산
검문주 이정록과 그의 아들 이정, 청검문주 사통후와 그의 아
들 사공찬, 개산일문주 위지룡, 은하검문주 임당령과 그녀의
제자 위지약, 이화문의 제자 조연려 등이 있사옵고 북검맹에
서 온 남궁휘, 백건악, 설강도……."

　비영단(秘影團) 일비영(一秘影) 소월향이 거기까지 보고를
했을 때 청화부인이 한 손을 가만히 들었다. 몇 사람 살아나
간 것쯤은 대수롭지 않다는 듯.

소월향은 보고를 멈추고는 옆으로 세 걸음을 물러난 뒤 조용히 시립했다.

마침내 상왕을 죽이고 금화선부를 손에 넣기까지 무려 삼십 년의 세월이 걸렸다. 그 통한의 세월 동안 사람들이 지켜본 그녀의 고통과 수모는 필설로 설명할 수 있는 것이 아니었다.

한데도 그녀는 어쩐 일인지 표정 하나 변하지 않았다. 마치 희로애락의 감정 따윈 오래전에 잃어버린 사람처럼, 혹은 처음부터 상왕 따윈 안중에도 없었던 사람처럼 무심하기만 했다.

그녀는 다른 것에 관심을 보였다.

"오사와 육사께서 부상을 입으셨다고요?"

"사고가 있었습니다."

천화성군 혁련월이 말했다.

구순을 바라보는 그였지만 오십 줄의 청화부인을 대하는 태도가 공손하기 짝이 없었다.

"일사께선 무인간의 승부를 사고라고 말씀하시는군요."

육사부는 벽사룡의 스승이 된 시기에 따라 가내에서의 호칭을 달리했다. 혁련월은 가장 먼저 사부가 되었기에 일사(一師)가 되었고, 은하검객 마중영이 이사(二師), 적안살성 후동관이 삼사(三師), 신검차랑 육심문이 사사(四師), 일지혼마 화녹천이 오사(五師), 설산옥녀 요교랑이 육사(六師)가 되었다.

하지만 지금 이 자리엔 혁련월, 마중영, 후동관, 육심문만 참석했다. 나머지 두 사람은 중상을 입고 요상 중이었기 때문이다. 화녹천은 팔뚝이 너덜너덜해지는 부상을 입었고, 요교랑은 안면이 함몰되고 다리가 부러졌단다.

육사부가 누구인가?

산중 신선들이라 불리는 구대문파의 장로들조차 발아래로 본다는 초절정의 고수들이 아닌가. 그런 거물들이 둘씩이나 중상을 입었다는 건 대망혈제회가 발칵 뒤집히고도 남을 일대사건이었다.

그것도 단 한 명에 의해서.

당연하게도 청화부인의 말속에는 뼈가 있었다.

혁련월이라고 해서 어찌 그걸 모를 것인가.

"단언컨대 다시는 이런 일이 없을 것입니다."

혁련월이 머리를 조아리며 말했다.

청화부인은 혁련월이 이쯤에서 덮어주길 원한다는 걸 알아차렸다. 혁련월은 대망혈제회 내에서의 지위를 떠나 수많은 사파의 고수들이 우러르는 거두, 수뇌들만 모인 자리라고는 하나 이목이란 것이 있으니 일단은 면을 세워주기로 했다.

"그 아이, 혈제(血帝)의 여덟 번째 맥(脈)이 맞지요?"

청화부인이 화제를 바꾸었다.

바뀐 화제는 화녹천과 요교랑이 장로회의에 참석하지 못할 정도로 부상을 입었다는 사실보다 더 심각하고 무거운 것이었다.

"그런 것 같습니다."

"어찌하여 그 맥이 아직도 이어지는 겁니까?"

"아시다시피 혈제의 여덟 번째 맥은 전날의 강맹을 잃고 도망치듯 애뇌산을 떠난 지 오래입니다. 삼십 년 전, 마지막으로 그 무맥을 찾아 확인했을 때는 그야말로 처참한 수준이었지요. 어디에서도 혈제의 흔적은 찾아볼 수 없었습니다. 하여……."

"그래서 맥을 끊지 않았단 말씀인가요?"

"그럴 필요가 없었습니다."

"인정에 얽매여 손을 쓰지 못한 것은 아니고요?"

"저의 불찰입니다."

조심스럽게 끼어든 사람은 후동관이었다.

그는 청화부인을 향해 한 차례 포권을 쥐어 보이고는 처분을 기다리는 사람처럼 조용히 눈을 내리깔았다.

그렇지 않아도 붉은 그의 얼굴이 오늘따라 더욱 상기되어 보였다.

청화부인은 침잠한 눈으로 후동관을 응시했다. 다그치지

않고 이렇게 바라보기만 하는 것은 그녀가 육사부에게 내리는 가장 강한 질책이다.

아들의 사부로서 대우를 해줄 수 있는 한계선 직전에서 멈추었다는 뜻이었으니까.

잠시 침묵이 흐른 후 그녀가 후동관에게 물었다.

"운룡이 놈을 추격하는 중이라고요?"

"그렇다고 들었습니다."

"승부를 어떻게 보십니까?"

"현재의 놈의 상태로는 염마천주의 상대가 될 수 없습니다."

"놈이 중상을 입지 않았다면?"

"오백 합 안에 승부가 나지 않을 것입니다."

오백 합을 겨루어도 승부가 나지 않는다는 말은 곧 우열을 가릴 수 없다는 말과도 같다. 그런 고수들끼리의 승부는 경험, 승부욕, 두뇌, 배짱 같은 심리적 요인에 달려 있다.

청화부인의 눈매가 살짝 일그러졌다.

후동관이 자신의 입맛에 맞는 답을 주지 않아서가 아니었다. 후동관은 벽사룡의 무재를 누구보다 잘 아는 사부, 그런 그가 대등하다고 보았다면 진짜 대등한 게 아닐 수도 있었다. 어쩌면 후동관은 놈이 더 강할 것이라는 말을 에둘러 하고 있는 것인지도 몰랐다.

놀라웠다.

하늘 아래 자신의 아들과 오백 합을 겨룰 만한 청년 고수가 존재했단 말인가. 혈제의 여덟 번째 맥은 그토록 무서웠다. 이런 일이 생길 경우를 대비해 그 맥을 끊어놓으려 했거늘.

"하지만 대법(大法)을 시행하고 나면 얘기가 달라집니다. 대법을 통과한 자는 무적입니다. 단언컨대 놈은 염마천주의 오초지적조차 되지 못할 것입니다."

혁련월이 말했다.

청화부인은 조용히 고개를 끄덕였다.

벽사룡이 대망혈제회 내에서 수위를 다투는 고수라고 하나 아직은 완성되지 않은 작품이었다.

대법을 통과하는 날, 그는 진정한 무적이 되리라.

그날을 위하여 숱한 고초를 견디며 지금까지 살아온 것이 아니던가.

장개산이 부상을 회복했을 때쯤이면 벽사룡은 대법을 통과하고 난 후일 것이다.

그러니 이러나저러나 장개산은 영원히 벽사룡의 상대가 될 수 없다. 중상을 입은 놈의 숨통을 끊어놓더라도 흉이 되지 않는 이유가 거기에 있었다.

"혈제의 여덟 번째 맥이 백선류에 의해 끊어진다? 세상에

알려지지는 않겠지만 우리에겐 그것도 나름 의미가 있겠군
요."

청화부인이 말했다.

혁련월은 가만히 고개를 끄덕였다.

어쩌면 그것이야말로 청화부인은 오랜 숙원이었는지도 모
른다.

"운룡이 전중에 계집을 욕심냈다는 말이 사실입니까?"

청화부인이 또다시 화제를 돌렸다.

목소리는 조금 밝아졌다.

"그렇습니다."

"어리석은 녀석."

"한창 뜨거울 나이 탓인 게지요."

"운룡이 찍는 발자국은 장차 일만회도(一万會徒)가 걷는 길
이 될 것입니다. 일거수일투족이 범부와 같아선 안 됩니다."

청화부인의 음성이 서릿발처럼 날카로워졌다.

혁련월은 조용히 눈을 감았다.

사실 결정적인 순간 벽사룡이 장개산에게서 빙소소를 빼
앗으려 했을 때 그도 속으로는 적잖게 놀랐다. 평소라면 혈기
방장한 나이 탓으로 돌리며 대수롭지 않게 넘어갈 수도 있었
다.

하지만 시기가 매우 좋지 않았다.

금화선부가 전란에 휩싸이는 와중에도 청화부인이 이곳 가인옥에 틀어박혀 일절 모습을 드러내지 않은 것은 벽사룡에게 전권을 행사토록 하기 위함이었다.

금화선부에 집결한 일천 섬서무림인들을 상대로 한 싸움은 대망혈제회가 세상에 모습을 드러낸 이후 갖는 최초의 전투다.

이 전투에서 벽사룡은 이천 회도를 진두지휘해 금화선부를 장악하고 섬서무림인들을 몰살했어야 했다. 마지막으로 만인이 지켜보는 앞에서 직접 상왕의 숨통을 끊어 장차 대망혈제회를 이끌 재목으로서의 강인한 인상을 남겼어야 했다.

이게 청화부인이 생각한 밑그림이었다.

한데 상왕은 이미 죽어 버렸고, 섬서무림의 명숙들은 탈출을 했으며, 뜻하지 않는 복병 장개산을 만나 수백에 달하는 수하까지 잃었다.

이런 상황에서 계집에게 집착하는 모습을 보인 것은 분명 실태다. 그러고도 장개산과 계집을 놓쳐 버리는 우를 범했다. 장개산을 죽이고 계집을 손에 넣었더라면 차라리 나았을 것을. 한마디로 총체적 난국이었다.

한데 벽사룡은 거기서 그치지 않았다.

그는 대법도 뒤로한 채 통운각의 고수들을 이끌고 직접 추격에 나섰다. 장개산을 죽여 후환을 없애기 위함이라는 명분이 있기는 했으나 만약 놈의 곁에 빙소소가 없었어도 직접 나섰을까?

이것이 벽사룡의 두 번째 실태였다.

이쯤에서 확실하게 제동을 걸어야 한다.

"계집의 이름이 빙소소라고 했나요?"

"절강성 포검문주의 여식이라고 들었습니다. 지금은 북검맹 흑풍조 소속이고, 아비는 성라원의 장로입니다."

"꽃이 꺾이면 벌도 찾지 않는 법이지요."

혁련월은 올 것이 왔다고 생각했다.

천하의 누가 있어 벽사룡이 마음에 둔 여자를 죽일 것인가. 설혹 암살을 한다고 해도 천재적인 두뇌의 소유자인 벽사룡은 반드시 배후를 알아낼 것이고, 이후 감히 자신의 여자를 건드린 것에 대해 무자비한 피의 복수를 감행할 것이다.

고로 그녀를 죽이는 사람은 벽사룡조차 어려워하는 신분이어야 한다. 그런 사람은 청화부인을 제외하면 딱 여섯 명밖에 없었다. 바로 자신들 육사부였다.

"명을 받들겠습니다."

가인옥을 나온 네 사람은 조용히 숲을 걸었다.

"사사께서는 어째 표정이 좋지 않으십니다?"

마중영이 육심문을 돌아보며 물었다.

육사부들은 공식적으로 대등한 관계이고, 나이 또한 크게 차이가 없었다. 해서 서로를 존중하는 차원에서 벽사룡을 기준으로 한 호칭을 썼는데, 그게 일사, 이사, 삼사 등이었다.

"어째 갈수록 우리가 일개 심부름꾼으로 전락한 느낌이 드는군요. 이런 대접을 받자고 그녀를 옹립한 것은 아니었는데……."

"힘의 논리지요."

"그 말은 곧 마음으로는 승복을 하지 않는다는 말씀?"

"그녀의 자리에 우리 중 누군가가 있었어도 또 다른 누군가는 그리 말했을지도 모르지요. 그러니 그런 건 애초부터 중요하지도, 문제 삼을 일도 아니라는 뜻입니다."

놀랍게도 두 사람은 청화부인을 그녀라 부르고 있었다. 이는 대등한 관계에서나 나올 법한 호칭, 누군가 엿들었다면 크게 문제가 될 수도 있었다.

실제로도 홍지를 둘러싼 숲에는 기백에 달하는 유령들이 숨어 있었다. 다만 감히 네 사람의 기감을 속이고 접근해 올 만한 자가 없었을 뿐.

"하지만 최소한 지금 우리는 같은 처지이지요."

"그건 그렇지요."

"말씀을 삼가시오!"

잠자코 있던 혁력월이 말했다.

작은 목소리였지만 그의 음성엔 항거하기 힘든 거력이 실려 있었다. 육심문이 조금 당황한 기색을 보였다. 하지만 마중영은 부드러운 음성으로 기어이 한마디를 했다.

"우리는 그렇다 치더라도 일사께까지 그런 태도를 보인 것은 확실히 보고 있기가 불편했습니다. 일사께서는 백선검노와도 우열을 다투던 분, 아무리 맹약을 했다고는 하나……."

"이사께서는 제 의중을 아시리라 믿었습니다만."

"멸사봉공(滅私奉公)이라. 큰 뜻을 이루기 위해 누군가 무릎을 꿇어야 한다면 내가 먼저 꿇겠노라던 일사의 말씀을 아직도 기억하고 있습니다. 저 역시 그 말씀에 감명을 받아 여기까지 왔지요. 한데 여덟 번째 맥이 그토록 강한 걸 보니 어쩌면 우리의 선택이 성급한 것이었는지도 모른다는……."

"혈제의 종맥(宗脈)은 둘이 될 수 없음이오!"

혁력원은 단호한 한마디로 마중영의 말을 잘라 버렸다.

"그녀의 말도 그런 뜻이겠지요?"

네 사람은 딱히 부연 설명을 하지 않아도 마중영이 무슨 말을 하는 건지 알고 있었다.

청화부인은 빙소소를 제거하라고 했지만 그녀를 죽이는 건 작은 일, 진짜 명령은 만에 하나 벽사룡이 계집에게 정신을 팔려 놈을 놓치는 우를 범할 경우 이번에야말로 확실하게 숨통을 끊어놓으라는 것이었다.

"한데 누가 간다?"

마중영이 혼잣말처럼 중얼거렸다.

여덟 번째 맥의 숨통을 끊어놓는 것, 벽사룡이 마음에 둔 여자를 제거하는 것, 이런 일을 위해 사파의 전설이라 불리는 자신들이 직접 나서는 것 모두가 내키지 않는 일이었다.

"제가 가겠습니다."

후동관이 말했다.

"삼사께서요?"

"저로 말미암아 벌어진 일, 제가 종결을 지어야겠지요."

*　　　*　　　*

창산(蒼山)은 대륙을 남북으로 나누는 거대한 산세, 진령(秦嶺)에서 뻗어 나온 지맥이었다.

장안에서 백여 리 정도 떨어진 곳. 전설에 따르면 아주 먼 옛날 천상에서 죄를 짓고 지상으로 쫓겨 온 수백 마리의 이무기가 창산에 살았단다.

이후 세월이 흘러 산의 정기를 받은 이무기들은 용이 되어 하늘로 승천했지만, 그렇지 못한 이무기들은 땅속으로 들어가 모습을 감추었다고 한다. 그 증거로 지금도 창산 아래의 깊은 지하엔 이무기들이 다니던 동굴이 가득하다고 했다.

실제로 이무기가 지나다니던 길인지는 알 수 없지만 협곡이나 산릉 암반지대 곳곳에 지하 동굴의 입구가 모습을 드러내는 경우가 많은 것은 사실이었다.

동굴들은 하나같이 종횡으로 이어지고 끊어지기를 반복했는데, 기괴한 모양으로 뻗은 종유석이나 동굴진주 따위를 채취하러 들어간 사람들이 길을 잃고 헤매다가 끝내는 백골로 죽어가는 일이 허다했다.

이를 두고 근동의 사람들은 창산 아래 가득한 동굴에 아직도 이무기들이 살고 있으며, 석물을 채취하기 위해 들어온 사람들을 잡아먹는다고 믿었다.

전설이라는 것이 본래 꼬리에 꼬리를 물고 커지는 법인지라 창산 인근의 주점에 가면 이무기를 직접 보았다는 사람들까지 심심치 않게 만날 수 있었다. 물론 양식이 조금이라도 있는 사람들이라면 그 말을 믿지 않았다.

첨벙 첨벙 첨벙……!

고요하던 동굴에 소란이 일었다.

도검을 비껴 찬 삼십여 명의 무인이 횃불을 밝힌 채 동굴 속을 달리고 있었기 때문이다. 팽팽한 긴장감이 감도는 얼굴의 주인공들은 벽사룡과 그가 이끄는 통운각의 고수들이었다.

바닥엔 발목까지 차오르는 물이 흐르고 있었지만 누구 하나 소리를 신경 쓰는 사람이 없었다. 목표물이 미로 같은 동혈 속으로 사라지기 전에 잡아야 했기에 지금은 소리보다 속도를 내는 것이 더 중요했다.

어느 순간 선두에서 달리던 자가 우뚝 멈춰 섰다.

원숭이처럼 작은 체구에 긴 팔을 가진 사내가 말했다.

"두 갈래 길입니다."

말이 끝나기 무섭게 횃불 몇 개가 후르륵 후르륵 소리를 내며 전방의 허공을 휘저었다. 과연 전방이 두 개의 동굴이 입을 쩍 벌린 채 버티고 있었다.

"흩어져서 흔적을 찾아라."

장년인이 말했다.

험악하다 못해 섬뜩하게까지 느껴지는 얼굴, 백 근에 달하는 강철 노를 등에 가로지른 그는 벽사룡을 목숨처럼 따르는 측근이자 통운각을 이끄는 각주 혈두타였다.

삼십여 명의 수하가 두 편으로 나뉘어 재빨리 동굴 속으로 사라졌다.

"거리가 얼마나 벌어졌을 것 같은가?"

혈두타의 뒤에서 나직한 음성이 흘러나왔다.

벽사룡이었다.

"일각, 그 이상은 아닙니다."

"일각이라… 생각보다 움직임이 빠르군."

"그렇습니다."

"동굴로 방향을 잡은 건 미로처럼 복잡한 지형을 이용해 시간을 끌어 보자는 속셈이겠지? 창산의 지하동굴이 제아무리 복잡하다고 해도 사람이 들어갈 수 있는 곳은 한계가 있게 마련. 결국 막다른 골목에 다다를 것임을 알면서도 이곳을 선택한 이유가 무엇일까?"

"글쎄요."

"놈을 살리기 위해서야. 잠깐이라도 시간을 벌어야 그나마 치료를 할 기회라도 있을 테니까. 그녀는 놈이 살아날 거라고 믿는 걸까?"

"아마도 그럴 것입니다."

혈두타는 짧게 대답했다.

　그는 평소에도 말이 많은 사람이 아니었지만 오늘은 유달리 입이 무거웠다. 혈두타만이 아니었다. 그가 이끌고 온 삼십여 명의 수하는 통운각 내에서도 고르고 고른 고수들, 그중에는 추적의 달인도 있었다. 그들의 낯빛도 어쩐지 내내 굳어 있었다.

"말해."

"무슨……?"

"내게 불만이 있잖아. 어려워 말고 해봐."

"송피(松皮)가 얼마 남지 않았습니다."

송피는 말 그대로 소나무 껍질을 말한다.

횃불을 구할 수 없는 상황에서 무인들은 송진을 잔뜩 함유한 소나무의 껍질을 벗겨 작대기에 감아 횃불 대용으로 쓰곤 한다.

빙소소가 창산의 그 유명한 지하동굴로 들어갔다는 걸 알아차렸을 때 혈두타는 만약의 경우를 대비해 수하들로 하여금 송피를 잔뜩 벗겨오게 했다.

한데 빙소소는 생각보다 멀리 도망쳤고, 자신들 역시 애초 예상했던 것보다 깊게 들어왔다. 그 바람에 송피가 다 떨어져가고 있었다. 더 시간을 끌었다간 돌아가는 데 필요한 송피가 모자랄 판이다. 동굴이 꺾일 때마다 석벽에 칼집으로 표식을 남겨두기는 했지만, 그것만 믿었다간 낭패를 당할 수도 있었다.

창산의 지하동굴에 들어왔다가 길을 잃고 죽어나간 석물

사냥꾼들이 어디 표식을 남겨두지 않아서 길을 잃었을까? 그들은 오히려 질긴 명주실을 입구에 묶어두고 동굴을 탐사했다고 했다.

그럼에도 불구하고 길을 잃고 헤매다 죽는 곳이 바로 창산의 지하동굴이었다.

충분한 횃불이 반드시 있어야 했다.

송피가 얼마 남지 않았다는 말은 지금이라도 이 행보를 멈추는 게 어떻겠냐는 혈두타의 우회적인 의사표현이었다.

"내 행보가 마음에 들지 않는가?"

"속하는 다만 이 일로 말미암아 천주께서 모당(母堂)의 노여움을 사시지 않을까 저어됩니다."

모당은 과거 대망혈제회의 회도들이 벽사룡의 앞에서 그녀의 어머니 청화부인을 은밀히 부르던 존칭이었다. 상왕이 살아 있을 때는 가부(家婦)라 불렀지만, 그가 죽고 금화선부를 장악한 지금에 이르러서도 가부라 부르는 것은 그녀에 대한 능욕이었다.

"결국 마음에 들지 않는다는 뜻이로군."

만약 다른 누군가가 저 말을 했다면 그 자리에서 숨통이 끊어졌을 것이다. 그 전에 벽사룡의 면전에서 감히 그의 실태에 대해 언급할 수 있는 간담을 지닌 자가 없었다.

하지만 혈두타는 목숨을 걸고 직언을 한다. 충심으로 벽사

룡을 대하기 때문이다. 벽사룡이 혈두타를 믿고 신뢰하는 것
도 그런 이유에서였다.

"아시다시피 놈은 중상을 입었습니다. 속하들만으로도 충
분히 놈을 제거하고 빙 소저를 안전하게 모실 수 있습니다.
하니 이제라도 이곳의 일은 속하들에게 맡기시고 귀환을 하
시는 것이 어떠할는지요?"

"오직 내 명령만 받들겠다고 맹세할 수 있나?"

"맹세컨대 오직 주공의 명만 따를 뿐입니다."

"어머님께서 보낸 사자가 찾아와 빙소소를 내놓으라고 해
도?"

"……?"

혈두타는 어리둥절한 표정으로 고개를 들었다.

청화부인이 사자를 보낸다는 건 무슨 말이고, 그가 빙소소
를 내놓으라고 한다는 건 또 무슨 말일까?

벽사룡은 잠시 사이를 두었다가 말을 이었다.

"음양조(陰痒鳥)가 향구(香鳩)를 보내왔다. 오늘 새벽 홍지
에서 빠져나온 그림자 하나가 금화선부를 떠났다는군. 한데
방향이 아무래도 창산인 듯해."

"……?"

향구는 전서구의 일종이다.

대개의 전서구가 귀소본능을 이용한 것인데 반해 향구는

새끼가 지닌 젖냄새를 따라오도록 훈련되었다. 따라서 향구
를 이용하면 특정한 곳에서뿐만 아니라 이동하는 중에도 전
서를 받을 수 있었다.

음양조는 벽사룡이 비밀리에 육성한 그만의 조직으로 대
망혈제회 내 중요인물들의 일거수일투족을 감시하거나 강호
에서 벌어지는 일들에 대해 보고하는 일을 했다.

이는 청화부인조차도 모르는 일인데, 그들 음양조가 주로
사용하는 연락 수단이 바로 향구였다.

벽사룡은 장개산과 빙소소를 추격하는 이 시점에도 음양
조를 움직여, 금화선부를 장악한 이후 대망혈제회 내에서 벌
어지는 일들을 시시각각으로 보고받았던 것이다.

혈두타는 벽사룡의 치밀함에 혀를 내둘렀다.

한데 홍지를 빠져나갔다는 인물은 대체 누구일까?

가인옥이 위치한 홍지는 청화부인을 그림자처럼 따라다니
며 호위한다는 미지의 세력 비영단과 대망혈제회 최고의 고
수들이자 사실상 장로의 역할을 하는 육사부, 그리고 염마천
주인 벽사룡을 제외하면 누구도 함부로 발을 들여놓을 수 없
는 절대금지였다.

그곳에서 누군가 빠져나와 금화선부를 떠났다고 함은 청
화부인의 밀명을 받았다는 것인데, 대체 누가, 무슨 밀명을
받고 이곳 창산으로 향한다는 건지 혈두타는 도통 짐작할 수

가 없었다.

벽사룡의 말이 이어졌다.

"내가 빙소소를 마음에 두었다는 것이 알려진 순간부터 그녀의 운명은 결정되었어. 어머님께서 그녀를 제거하려 드실 테니까."

"그 말씀은……!"

"지금쯤이면 어머님께서 보낸 사자가 오고 있을 거야. 아무리 어머님의 명령이라고 해도 내가 점찍은 여자를 함부로 죽일 수 있는 사람은 없지. 있다면 여섯 명 정도?"

육사부를 일컫는 말이다.

그들은 대망혈제회 내에서 장로급의 지위를 누리지만 사사로이는 벽사룡의 무예 스승들이다. 벽사룡의 권세가 제아무리 대단하다고 해도 사부의 행동을 문제 삼기는 어렵다. 더욱이 그것이 여자에 관한 것이라면.

"오사와 육사께선 부상을 입으셨으니 제외고, 일사와 이사께선 일개 여자의 숨통을 끊자고 움직이기엔 존재감이 지나치게 무거운 분들이시지. 사사께선 무예는 뛰어나시지만 성정이 급해 일을 그르치실 공산이 크고. 남은 분은 삼사밖에 안 계시군. 삼사께선 내게 무예를 가르치실 때도 냉정하기 짝이 없었지. 이게 내가 직접 나설 수밖에 없는 이유다. 삼사께서 손을 쓰시기 전에 내가 먼저 그녀를 구해야 하니까."

놀라웠다.

청화부인이 아들의 행동에 대해 못마땅하게 생각하고 있을 줄은 짐작했지만, 빙소소를 제거하려고 들 줄이야.

더욱 놀라운 것은 벽사룡이다.

그는 자신의 행동이 사람들에게 어떻게 비쳐지는지, 청화부인이 어떻게 생각하고, 무슨 대책을 세울지 훤히 알고 있었다.

그래서 무리인 줄 알면서도 직접 빙소소를 직접 추격하고 있는 것이다.

흩어진 대망혈제회를 다시 일으키고 금화선부를 장악한 희대의 여걸 청화부인, 일백 년에 한 번 태어날까 말까 한 기재라는 벽사룡.

두 모자는 지금 약관의 여자아이 하나를 두고 치열한 두뇌 싸움을 벌이고 있었다.

이는 벽사룡이 최초로 어머니의 뜻에 반기를 드는 일이었다.

청화부인은 모두가 불가능하다고 했던 일을 이룩한 이적자, 벽사룡이 제아무리 걸출하다고는 하나 그녀의 뜻을 거스르고도 무사할 순 없었다. 혈두타는 장차 이 일이 몰고 올 파장이 두려웠다.

"감당할 수 있으시겠습니까?"

"두렵나?"

"저희는 주공께 이번 생을 걸었습니다. 주공의 운명이 곧 저희의 운명입니다. 맹세컨대 영광도 죽음도 끝까지 함께할 것입니다."

벽사룡은 흡족한 듯 밝게 웃었다.

이어 잠시 사이를 두었다가 말했다.

"고목 아래에서 자라는 나무는 평생 그 그늘을 벗어날 수 없지. 방법이 있다면 그건 고목의 가지를 부러뜨리고 그늘 밖으로 나가는 거야."

"모당께선 천하를 주공께 드릴 분이십니다."

"그건 어머니의 천하일 뿐, 내 것이 될 수 없어."

"……?"

"내가 생각하는 군림천하는 세상 누구의 눈치도 보지 않고 오직 홀로 존재하는 것이다. 거기에 누구도 예외가 있을 수 없어. 천상천하유아독존(天上天下唯我獨尊), 그게 나의 강호다. 그런 내가 적의 핏줄이라는 이유로 계집 하나 마음대로 취하지 못한대서야 말이 안 되지."

혈두타는 온몸에 전율이 흐르는 걸 느꼈다.

천재란 이런 것일까?

벽사룡은 이미 자신으로서는 측량조차 할 수 없는 경지를 가고 있었다.

그때, 첨벙거리는 물소리와 함께 왼쪽 동굴 속으로 사라졌던 자들 중 한 명이 돌아왔다. 그가 서둘러 보고를 했다.

"석벽에서 핏자국을 발견했습니다."

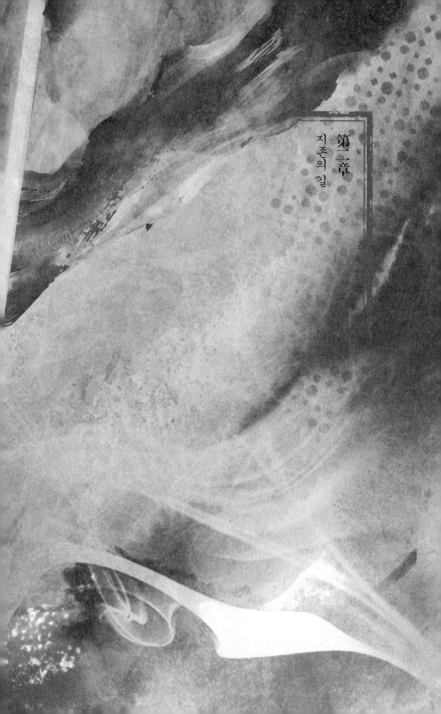

第二章

지존의 길

　육 척의 거구를 자랑하는 장개산은 그 자체로 바윗덩어리
였다.

　거기에 오 척에 달하는 참마검까지 더해지자 빙소소는 마
치 산더미를 업은 것 같았다.

　제아무리 대단한 내공의 소유자라 할지라도 입에서 단내
가 나게 마련이었다. 하지만 빙소소는 초인적인 힘으로 버텼
다. 허리는 금방이라도 부러질 것 같고 숨이 턱밑까지 차올랐
지만 멈출 수가 없었다.

　지금도 어둠 속 저 멀리서 놈들의 것으로 짐작되는 횃불들

이 아른거렸다. 도주를 멈추는 순간 놈들은 순식간에 따라잡을 것이고, 그땐 장개산과 자신의 목숨도 끝이다.

하늘이 도와 놈들을 따돌린다고 해도 뾰족한 수가 있는 것은 아니다. 도주로를 동굴로 잡은 것은 급박한 상황에서 취한 어쩔 수 없는 선택이었다.

애초 금화선부를 탈출하는 데 성공한 빙소소는 곧장 남서쪽으로 달렸다. 비밀통로로 들어간 섬서무림의 명숙들과 흑풍조가 동북쪽에 있는 운대산으로 빠져나갈 것이기에 놈들의 추격을 분산시키기 위해서였다.

무려 한나절을 달린 끝에 마침내 산세가 깊고 험하기로 유명한 창산에 다다랐다. 험한 지형을 이용해 놈들의 추격을 어떻게든 따돌릴 생각이었지만, 험한 산세는 반대로 발목을 붙잡기도 했다.

그러다 선택의 기로에 놓이는 순간이 왔다.

그 무렵 빙소소는 좌우에 높다란 벼랑이 솟은 협곡의 가장자리 풀숲에 숨어 장개산을 치료하고 있었다. 썩은 밤나무가 많더라니, 도주하는 중에 혈오공(血蜈蚣) 세 마리를 잡은 것은 천운이었다.

혈오공은 이름처럼 피를 빨아먹는 독지네다. 한데 역설적이게도 놈의 독성이 사람의 피를 멈추고 벌어진 상처를 다시 붙게 만드는 데 뛰어난 효과가 있었다. 다만 목숨을 걸어야 한다는 게 문제일 뿐.

그대로 두면 어차피 죽을 목숨. 빙소소는 그 어떤 고민도 없이 혈오공을 가슴과 옆구리와 허벅지에 한 마리씩 붙였다. 피 냄새를 맡자 혈오공은 수십 개의 다리를 상처의 양쪽 살 속에 박으며 피를 빨아먹기 시작했다. 대신 장개산의 상처가 임시변통으로 봉합되며 출혈의 양이 현저히 줄었다.

빙소소는 그 상태에서 자신의 소맷자락을 찢어 상처 부위를 혈오공과 함께 단단히 감싸는 것으로 치료를 마무리했다. 당시로선 그게 그녀가 할 수 있는 최선이었다. 이제 장개산이 살고 죽고는 하늘에 달려 있었다.

그때 놈들이 나타났다.

협곡의 아래쪽에서 통운각의 무사들로 짐작되는 자들이 풀숲을 샅샅이 뒤지며 달려오고 있었다. 황급히 협곡의 위쪽으로 시선을 돌려보니 그곳에서도 적들이 다가오는 중이었다.

그야말로 사면초가(四面楚歌)의 상황, 빙소소는 앞이 캄캄해지며 어찌할 바를 몰랐다. 길이 없다면 싸우는 수밖에 없었다. 마지막 일전을 결심하며 검을 고쳐 잡으려는데 자신이 풀숲 뒤쪽 절벽 아래에서 노루 한 마리가 후다닥 튀어나오지 않겠는가.

자세히 보니 절벽 아래에 작은 동혈이 있었다.

빙소소는 앞뒤 잴 것 없이 의식이 없는 장개산을 들쳐 업고 동혈로 뛰어 들었다.

그리고 지금 이 상황이 된 것이다.

미로와 같은 동혈을 이리저리 꺾어 돌며 달린지 벌써 반 시진, 평지였다면 이십여 리는 족히 이동했을 시간이었다. 실제로 이동한 거리가 얼마나 되는지는 모르지만 평지와는 비교도 할 수 없을 만큼 위험한 것만은 사실이었다.

뒤를 바짝 추격하고 있는 적들 때문만은 아니었다.

빙소소는 이미 오래전에 길을 잃었다.

지금 달리는 방향이 동쪽인지 북쪽인지, 심지어 밤인지 낮인지조차 알 수가 없었다. 한치 앞을 분간하기 어려운 칠흑같은 어둠 속에서 빙소소는 바닥에 흐르는 물의 방향을 감지해 계속해서 앞으로 달렸다.

이제는 놈들이 추격을 포기하고 물러난다고 해도 출구를 찾아 나간다는 보장이 없다. 도주하는 중에 만났던 그 수많은 갈림길을 생각한다면 평생 지하동굴 속에서 헤매다가 죽을지도 모른다.

그럼에도 불구하고 동굴이 계속해서 어어지고 있다는 게, 미로처럼 복잡하게 꺾일망정 끊임없이 연결된다는 게 지금이 순간만큼은 얼마나 다행인지 몰랐다. 그렇지 않았다면 놈들에게 벌써 잡혔을 테니까.

그러나 문제는 또 있었다.

마지막으로 방향을 꺾었을 때부터였을 것이다.

발아래 흐르는 물이 조금씩 차가워진다 싶더니 어느 순간부터는 뼛속이 시릴 정도로 한기가 느껴졌다. 필시 물줄기가 바뀐 모양, 이 상태로 일다경만 지나면 핏줄이 얼어붙을 것 같았다.

깊이 들어가면 갈수록 물은 점점 차가워졌고, 어느 순간부터는 물이 차가워질 수 있는 한계를 넘어섰다. 이 정도면 얼음이 얼어야 정상이거늘, 아무리 생각해도 평범한 물이 아니었다.

"하아 하아 하아……!"

뼛속이 얼어붙는 듯한 고통을 참고 달리길 한참, 갑자기 지독한 한기가 훅 몰려오며 발아래에서도 세찬 물소리가 들렸다. 무언가 불길한 예감을 느끼고 그 자리에 우뚝 멈춰 섰다.

쏴아아아…….

'폭포?'

틀림없다.

이건 폭포 소리였다.

빙소소는 장개산을 물살에 떠내려가지 않도록 가장자리 석벽에 기대어 앉혀 놓고는 그의 허리춤에서 참마검을 뽑았다. 이어 자신의 협봉검과 참마검을 힘껏 부딪쳤다.

깡!

불똥이 튀며 한순간 사위가 밝았다.

찰나의 순간 나타났다가 사라진 광경에 빙소소는 온몸의 털이 곤두서는 듯한 충격을 느꼈다. 발아래는 족히 수십 장은 될 법한 거대한 폭포가 있고, 그 너머로 출렁이는 물살과 함께 시커먼 허공이 나타났다.

그건 호수였다.

불똥의 빛이 비치는 범위가 너무나 짧아 호수의 크기를 짐작할 순 없었지만 폭포 소리의 울림으로 미루어 엄청난 규모일 것이 분명했다. 딱 한 걸음만 더 늦게 멈추었어도 저 호수로 빠지고 말았을 것이다.

그 순간, 뒤쪽 어둠 속에서 사람의 고함이 폭포 소리에 섞여 들려왔다.

"이쪽입니다!"

필시 불빛이 반짝이는 걸 보았으리라.

아니나 다를까, 잠시 후 첨벙거리는 물소리와 함께 일렁이는 수십 개의 횃불이 빠른 속도로 달려오기 시작했다.

빙소소는 다시 호수 쪽으로 고개를 돌렸다.

장개산은 지금 지나친 출혈로 말미암아 체온이 급격하게 내려간 상태였다. 서둘러 불을 피우고 온기를 취해도 모자랄 판에 저 차디찬 호수로 몸을 던지면 죽음을 면치 못한다.

무슨 수를 써서라도 호수로 빠지는 것만은 피해야 했다.

망설이고 있을 시간이 없었다.

빙소소는 장삼을 벗어 바짓가랑이를 허벅지까지 훤히 보이도록 쭉 찢었다. 이어 장삼을 벗어 돌돌 만 다음 장개산을 업고 그의 허리와 자신의 허리를 하나로 묶었다. 마지막으로 그의 두 팔을 자신의 목에 두르게 한 다음 미리 찢어둔 바짓가랑이로 손목까지 묶었다. 그 상태에서 그녀는 호수의 가장자리를 따라 난 석벽을 손으로 더듬어가며 타기 시작했다.

벽호(壁虎)는 벽을 타는 호랑이, 즉 도마뱀을 말한다.

바로 이 도마뱀이 벽을 타는 모습에서 창안한 무공이 벽호공이다. 벽호공은 무인들이라면 누구나 익히는 기본공 중의 하나였지만 내공 수위에 따라, 수련 정도에 따라 실력은 천차만별이었다.

다행히 벽호공이라면 자신이 있었다.

빙소소는 장개산을 묶은 상태에서도 침착하게 벽을 탔다. 목표는 호수를 둘러싼 벽 어딘가에 있을 또 다른 동혈이었다.

앞서 빠져나온 동혈의 물줄기에 비해 폭포 소리는 지나치게 컸고, 그런 이유로 호수로 물을 쏟아내는 또 다른 동혈이 있을 거라는 게 그녀의 생각이었다.

불빛이 있다면 더 쉽고 빨리 찾겠지만, 현재로선 어둠 속에서 소리를 따라 벽을 더듬으며 조금씩 나아가는 수밖에 없었다. 문제는 울림으로 말미암아 또 다른 폭포 소리의 정확한 위치를 파악하기가 어렵다는 점이었다.

잠시 후, 앞서 빠져나온 동혈의 출구가 환하게 밝아지며 사람들이 모습을 드러냈다. 일렁이는 횃불 사이로 벽사룡의 얼굴이 보였다. 놈들 역시 갑작스럽게 나타난 폭포와 호수로 말미암아 적지 않게 당황한 모양이었다.

"횃불을 비춰라!"

혈두타의 목소리였다.

통운각의 무사들이 동굴 끄트머리에 서서 횃불을 사방으로 휘저었다. 화르륵 소리와 함께 한순간 동굴 주변이 환하게 밝아졌다.

횃불의 밝기는 검을 부딪쳐 순간적으로 만들어낸 불똥에 비할 바가 아니었다. 그럼에도 불구하고 횃불은 동굴 주변 대여섯 장만 겨우 밝힐 뿐이었다. 동굴을 직각으로 바라보며 벽에 찰싹 달라붙어 이동 중인 빙소소를 발견하지 못한 것은 물론이었다.

"호수로 뛰어든 걸까요?"

누군가 물었다.

"지금 장개산의 몸으로 호수에 뛰어들었다간 살아남지 못해."

혈두타가 말했다.

그 순간, 벽사룡의 목소리가 들려왔다.

"내가 보이지?"

나직한 음성이었지만 호수를 둘러싼 공동 전체가 우렁우렁 울렸다. 음성에 내공을 담은 탓이다. 당연하게도 빙소소는 대답하지 않았다. 대답을 하는 순간 자신의 위치가 노출될 것은 자명하지 않은가.

"지금쯤 벽을 타고 있겠지? 폭포 소리를 더듬어 어딘가에 있는 또 다른 동혈을 찾고 있나 본데 그건 헛수고야. 이렇게 커다란 공동(空洞) 안에서는 울림으로 말미암아 소리가 나는 곳의 정확한 위치를 찾을 수가 없어. 못 믿겠다면 내 목소리가 어디에서 들리는지 살펴봐."

빙소소는 사실 벽사룡이 서 있는 동혈로부터 불과 십여 장의 거리밖에 멀어지지 못했다. 다만 동굴을 중심으로 수직으로 꺾어왔기에 벽의 그늘에 가려져 잘 보이지 않는데다 쉬지 않고 들려오는 폭포 소리가 기척을 숨겨주었을 뿐이다.

한데 벽사룡이 자신의 머릿속에 들어갔다가 나온 것처럼 정확히 사태를 간파하자 온몸에 소름이 돋았다. 울림으로 말미암아 정확한 소리의 위치를 찾을 수 없을 거라는 벽사룡의 말도 옳았다.

그가 분명 오른쪽 십여 장 앞에서 말을 하고 있는데 소리는 공동 전체의 벽을 타고 사방에서 들렸다.

불과 십여 장의 거리에 불과했는데도 이렇다.

하물며 어딘가에서 쉴 새 없이 들리는 또 다른 폭포 소리의 위치를 찾는 것은 더욱 어려울 것이다. 어쩌면 저 폭포 소리마저 공동의 울림으로 말미암은 착시인지 모른다. 그렇다면 다른 동혈이 없다는 말이 된다.

빙소소는 불현듯 불안감이 엄습해 오면서 장개산이 더욱더 무겁게 느껴졌다. 희망의 불씨가 꺼지려 하기 때문일까? 반 뼘도 채 안 되는 돌부리를 붙잡고 있는 손에서 힘이 죄다 빠져나가는 것 같았다. 온몸이 부들부들 떨렸다. 어금니를 꽉 깨물고 버텨보지만 아무리 생각해도 오래 버틸 수 있을 것 같지가 않았다.

'반각 안에 동혈을 찾지 못하면 죽는다.'

벽사룡의 말이 다시 이어졌다.

"지금 당신의 발아래 있는 건 지저빙호(地底氷湖)다. 저 물에 빠지는 순간 온몸의 핏줄이 얼어붙기 시작하면서 순식간에 목숨을 잃게 될 거야. 당신이 내게서 멀어지면 멀어질수록 내가 당신을 구할 수 있는 가능성 또한 줄어든다는 뜻이지. 내 말을 심각하게 들었으면 좋겠군."

빙소소가 생각할 시간을 주려는 건지 벽사룡은 잠시 사이를 두었다. 그러나 이미 장개산과 운명을 함께하기로 결심한 빙소소는 다시 한 번 힘을 쥐어짰다.

그 순간, 돌부리가 빠지면서 오른발이 미끄러지고 말았다.
툭! 하는 소리와 함께 돌멩이가 데굴데굴 구르더니 호수로 풍
덩 빠졌다. 벽사룡을 비롯해 놈들의 표정이 한순간 흠칫 굳어
졌지만 울림으로 말미암아 빙소소의 정확한 위치를 찾지는
못했다.

"그를 버리면 당신은 살 수 있다."

벽사룡이 다시 말했다.

빙소소는 대답하지 않았다.

생각 같아선 욕이라도 한바탕 퍼부어 주고 싶지만 그럴 수
가 없었다. 돌부리가 빠지면서 장개산과 그의 참마검, 그리고
자신의 무게가 또 다른 돌부리를 잡고 있는 한 손에 모두 실
렸기 때문이었다.

빙소소는 죽을힘을 다해 오른손으로 벽을 더듬으며 잡을
만한 것들을 찾았다. 한데 도무지 무게를 분산할 만한 돌부리
나 틈이 만져지질 않았다. 더는 견딜 수 없었던 빙소소는 장
개산의 허리춤에 매여 있던 참마검을 뜯어내 버렸다.

석벽에 부딪힌 참마검이 요란하게 추락하는가 싶더니 다
시 한 번 풍덩 소리를 내며 호수에 빠졌다. 참마검은 북검맹
에 있는 가약란이 돌아가신 아버지에게서 물려받은 유품으로
장개산에게 선물한 것이었다. 이 검으로 못된 놈들을 처단해

달라는 말과 함께. 장개산은 그렇다 쳐도 참마검을 잃어 버렸다는 걸 알면 가약란이 얼마나 상심할까? 빙소소는 가슴이 찢어지는 것 같았다.

무게를 줄이자 오른손을 뻗칠 수 있는 거리가 조금 더 길어졌다. 천만다행스럽게도 돌부리가 만져지면서 빙소소는 가까스로 다시 벽호공을 펼칠 수 있었다.

"검을 버렸나 보군. 하긴 놈의 참마검이 무겁긴 하지."

벽사룡이 말했다.

소리만으로도 누구의 검인지, 어떤 상황인지 훤히 꿰뚫는 벽사룡의 두뇌가 소름끼치도록 무서웠다. 천만다행으로 놈들은 이번에도 빙소소의 위치를 파악하지 못했다.

"어떻게 할까요?"

혈두타가 물었다.

"호수가 어떻게 생겼는지부터 봐야겠어."

말과 함께 벽사룡이 통운각 무사들로부터 횃불 대여섯 개를 빼앗아 쥐더니 허공을 향해 냅다 던졌다. 무슨 재주를 부렸는지 대여섯 개의 횃불은 흩어지지 않고 마치 하나로 묶인 다발처럼 호수 위를 가로질러 날았다.

횃불이 긴 꼬리를 만들며 날아가는 동안 인간에게 한 번도 모습을 보이지 않았던 호수가 마침내 속살을 드러냈다. 예상했던 대로 호수는 수십 장 높이의 천장을 지닌 거대한 공동의 일부였다.

천장엔 온갖 기괴한 모양의 종유석들이 고슴도치의 가시처럼 아래로 뻗쳐 있었다. 횃불은 종유석을 아슬아슬하게 스치며 무려 삼십여 장을 날아간 끝에 벽에 부딪혀 털썩 떨어졌다.

한데 횃불은 아래로 떨어지고 난 후에도 꺼지지 않았다. 호수 건너편에 물기가 마른 바닥이 있다는 증거였다. 아니나 다를까, 충격으로 말미암아 잠시 주춤했던 횃불이 다시 살아나자 모래톱처럼 보이는 공간이 모습을 드러냈다. 어렴풋이 보기에도 그 넓이가 제법 되었다.

그것을 본 빙소소는 반색을 했다.

최선의 상황은 이곳에서 빠져나갈 수 있는 또 다른 동혈을 찾는 것이지만, 그게 없을 경우 저 모래톱에서 놈들을 상대로 방어진을 구축할 수 있을지도 모른다. 물론 이 넓은 호수를 빙 돌아서 가는 동안 추락하지 않는다면 말이다.

대여섯 개의 횃불은 이제 그 자체로 하나의 모닥불이 되어 사방 십여 장을 환하게 비추고 있었다. 그러나 동굴 전체를 비추기에는 여전히 역부족이었다. 지름으로만 무려 삼십여 장이 아닌가.

사람들의 표정이 굳어졌다.

이 넓은 호수의 석벽 어느 쪽으로 빙소소가 기어가고 있는

지 도통 알 수가 없는 노릇이었다. 그렇다고 무작정 벽을 타고 호수 전체를 뒤질 수도 없지 않겠는가.

"송피(松皮)가 얼마나 남았지?"

벽사룡이 물었다.

"이십 근 정도입니다."

혈두타가 말했다.

"이십 근 전부를 봉전(鳳箭) 스무 발에 나눠 감아라."

봉전은 사 척의 길이에 무게만도 이십 냥에 달하는 철전을 말한다. 일단 쏘면 무엇이든 뚫어 버린다고 해서 천공전(穿孔箭)이라고도 불리는데, 금화선부에서는 오직 통운각의 무인들만 사용했다. 봉전을 걸기 위한 철궁(鐵弓)과 현(弦)이 따로 있어야 함은 물론이었다.

말이 화살이지 숫제 작은 창이나 다름없었다.

"횃불이 없으면 귀환하는 길이 위험해집니다."

혈두타가 정색을 하고 말했다.

남은 송피는 돌아가는 길에 쓸 횃불의 재료, 그만큼 귀중한 물건이었다.

한데 벽사룡은 눈 하나 깜짝 않고 말했다.

"무언가를 원한다면 그것이 아무리 작은 것이라도 매순간마다 전부를 걸어라. 그렇지 않으면 힘든 일이 있을 때마다 포기해 버리는 자신을 보게 될 것이다."

누구의 명이라고 거역하겠는가.

혈두타는 수하들을 돌아보며 고개를 끄덕였다.

삼십여 명의 고수 중에서 봉전을 지니고 다니는 자들은 셋, 그들이 각자의 봉전을 꺼내 송피를 튼튼하게 감기 시작했다. 이윽고 송피를 감은 봉전이 완성되었을 때 벽사룡이 그 중 하나를 건네받아 횃불에 가져다댔다. 바싹 마른 송피에 불이 옮겨 붙으면서 촉 부분이 이글이글 불타기 시작했다.

벽사룡이 봉전을 가볍게 던졌다.

팽!

흡사 팽팽하게 당겨진 현을 칼로 끊는 듯한 소리. 대기를 찢으며 무서운 속도로 날아간 봉전은 공동의 오른쪽 석벽에 '쾅!' 소리를 내며 박혔다.

날아가는 동안 바람의 저항이 적지 않았을 것임에도 불구하고 불은 꺼지지 않았다. 오히려 송피를 휘감은 화살대 전체로 불이 옮겨 붙으면서 여타의 횃불과는 비교도 할 수 없는 큰 불길이 치솟았다.

벽사룡은 계속해서 불타는 봉전을 쏘아댔다.

단지 한 손으로 가볍게 던졌을 뿐인데도 노련한 궁사들이 철궁에 걸어 쏘는 것보다 더한 위력이 있었다. 대여섯 장 간격으로 봉전이 박힐 때마다 그 불빛 아래의 석벽과 공동이 조금씩 모습을 드러냈다.

무려 열 대를 쏘고서야 벽사룡은 손을 멈추었다.

그때쯤엔 공동의 오른쪽 석벽 전체가 환하게 밝았다.

어디에도 빛이 미치지 않는 곳이 없었다.

하지만 빙소소는 없었다.

벽사룡이 이번엔 왼쪽 석벽을 향해 봉전을 쏘아대기 시작했다. 여섯 번째 봉전이 박혔을 때 빙소소는 기어이 불빛 아래 모습을 드러내고 말았다.

"저기다!"

누군가의 외침을 시작으로 모두의 시선이 빙소소가 달라붙어 있는 우측의 석벽을 향했다. 벽사룡은 당연히 찾아야 할 사람을 찾았다는 듯 무심한 표정을 짓더니 빙소소가 지나간 궤적을 따라 나머지 봉전을 모두 쏘아 박았다.

쾅! 쾅! 쾅! 쾅!

이미 빙소소를 찾았기에 벽사룡의 손은 주저함이 없었다. 봉전에 석벽에 박혀 들 때마다 굉음이 울리고 돌가루가 우수수 떨어져 내렸다.

빙소소는 깜깜한 어둠 속에서 손으로 더듬으며 나아갔지만 뒤를 따라온 사람들은 어디를 짚고 어디를 밟아야 할지 한눈에 보면서 이동을 할 수가 있다. 이제 그녀를 따라잡는 건 일도 아니었다.

"뭣들 하는 거냐!"

짧게 떨어진 혈두타의 한마디.

혈두타는 수하들을 이끌고 빠르게 석벽을 타기 시작했다.

그게 끝이 아니었다.

동굴 입구에서는 원숭이처럼 작은 체구에 긴 팔을 가진 사내가 품속에서 이상한 모양의 쇠뭉치를 꺼내 바닥으로 뿌리듯 휘둘렀다. 그러자 '철컥' 하는 소리와 함께 쇠뭉치는 세 개의 가지가 뻗친 갈고리로 변했다. 사내는 갈고리에 밧줄을 연결해 머리 위에서 두어 바퀴 돌리고는 전방을 향해 힘껏 던졌다.

갈고리는 십여 장을 날아간 다음 빙소소로부터 멀지 않은 천장에 매달린 종유석을 살아 있는 뱀처럼 휘감았다. 순간 사내가 밧줄을 힘차게 잡아당기자 갈고리는 밧줄과 하나로 뒤엉키며 단단하게 조여졌다.

마지막으로 사내가 한 손으로는 채찍을 뽑아 쥐고, 다른 손으로는 밧줄을 잡고 호수 위를 날았다. 그는 눈 깜짝할 사이에 빙소소를 지나쳐 그녀가 진행하는 방향 서너 장 앞 석벽에 찰싹 달라붙었다.

빙소소는 눈앞이 캄캄해졌다.

왼쪽 석벽에는 혈두타와 무려 삼십여 명에 달하는 그의 수하들이 봉전의 불빛에 의지해 빠른 속도로 다가오고 있고, 오른쪽에서는 날렵한 체구의 사내가 순식간에 날아들어 진행 방향을 막아 버렸다. 체형으로 미루어 밧줄을 타는 데 일가견이 있는 자임이 분명했다.

왼쪽 석벽에서 무서운 속도로 다가오는 혈두타의 부릅뜬 호목이 마치 부릅뜬 그의 호목이 마치 먹이를 노리고 달려드는 맹수의 그것 같았다.

장개산의 무게를 견디며 석벽을 타는 것만으로도 벅찰 지경인데 이제는 저들과 싸우면서까지 길을 열어야 한다. 살길은 보이지 않는데 죽을 길은 수십 가지다.

본능적으로 주위를 살피던 빙소소는 일 장 정도 앞에 있는 작은 틈바구니를 발견했다. 천장에서 흘러내리는 물을 따라 주먹 하나 들어갈 정도로 좁은 홈이 팬 그것은 일종의 물길이었다.

앞뒤 재고 말고 할 것도 없었다.

빙소소는 무게가 한 곳으로 집중되지 않도록 양손과 양발의 끝 모두에 골고루 힘을 분산한 다음 젖 먹던 힘까지 쥐어짜 몸을 던졌다.

가까스로 틈바구니에 한 손을 집어넣는 데 성공했지만 한순간 가중된 무게로 말미암아 날갯죽지가 찢어질 정도로 고통스러웠다. 평소였다면 얼마든지 견딜 수 있는 무게였으니 장개산을 업고 한나절을 달린 터라 몸이 말이 아니었다.

빙소소는 가까스로 고통을 참으면서 오른쪽 발을 틈바구니 사이에 단단히 끼워 넣는데 성공했다. 일단 자신과 장개산의 무게를 모두 버틸 만한 곳이 생기자 몸이 훨씬 자유로워졌다.

그때부터 그녀의 기도가 돌변했다.

차앙!

벼락같이 협봉검을 뽑아 든 빙소소는 오른쪽 석벽을 타고 달려오는 작은 사내의 발목을 힘차게 베어갔다.

원공검(猿公劍)은 본래 포검술(捕劍術)이었다.

단 일수에 상대의 검을 빼앗아 버리는 가공할 수법. 이후 무려 칠 대를 넘기면서 누군가가 검을 쥐었고, 상대의 검을 빼앗는 금나수의 무리(武理)에 검의 정수를 담으면서 오늘날의 가공할 쾌검이 만들어졌다.

하지만 포검술이었던 때의 형(形)이 그대로 남아 모든 검초가 빠르고 길었다. 그 모습이 마치 원숭이가 팔을 휘두르는 것처럼 길다 하여 원공검이라는 이름까지 얻었다.

우연히 일치인지 모르지만 원숭이는 절벽을 탄다. 운신의 폭이 자유롭지 못한 절벽에서 펼치는 원공검은 빠르고 긴 궤적으로 말미암아 상대를 위협하기에 충분했다.

한데 상황은 전혀 그렇게 전개되질 않았다.

파앙!

작은 사내는 한 손으로 밧줄을 잡은 채 별안간 석벽을 박차며 빙소소의 협봉검을 가볍게 뛰어넘었다. 동시에 체공 상태에서 빙소소의 등에 업혀 있는 장개산의 목을 향해 채찍을 힘차게 뿌렸다. 장개산의 목을 감아 빙소소를 통제할 생각이었던 것이다.

빙소소는 급박하게 검로를 바꾸어 채찍을 향해 휘둘렀다. 검봉에서 돌풍이 일 정도로 빠른 검초였지만 채찍은 마치 살아 있는 생물처럼 스르륵 빠져나가 버렸다. 눈 깜짝할 사이에 사내는 밧줄을 타고 저만치 멀어져 가버렸다.

그 틈을 타 어느새 지척까지 다가와 후방을 점한 혈두타가 철노를 힘차게 후려쳤다. 이대로 철노를 허용하면 등에 업힌 장개산의 척추가 부러질 판이었다.

석벽 틈바구니에 끼워 넣은 좌수는 몸의 균형을 잡을 뿐, 대부분의 무게는 오른발이 지탱하고 있는 상황이었다. 발을 빼지 않은 상태에서는 운신의 폭이 한계가 있었다. 혈두타 역시 그걸 알기에 철노를 수평으로 휘둘러 온 것이다.

선택의 여지가 없었다.

빙소소는 부지불식간에 석벽을 박차며 위로 솟구쳤다. 그 바람에 오른발이 한순간 틈바구니에서 빠졌고, 백 근에 달하는 철노는 그녀의 발아래 석벽을 힘차게 두들겼다.

쾅!

쾅음과 함께 깨진 석벽의 돌덩어리들이 우르르 떨어졌다. 찰나의 순간 도약의 힘으로 숏구친 빙소소는 장개산의 무게를 이기지 못하고 다시 떨어졌다. 그녀는 혈두타의 철노가 파놓은 홈에 발을 딛자마자 협봉검을 바깥으로 크게 휘둘렀다.

파앙!

짧은 파공성과 함께 협봉검은 혈두타를 정확하게 두 쪽으로 베어갔다. 하지만 한때 황하를 들썩이게 만들었다는 고수답게 혈두타는 기민했다. 그는 빙소소의 반격을 예상하기라도 했다는 듯 철노의 반탄력을 이용해 어느새 팔의 길이만큼 물러나 석벽에 등을 바짝 붙여 버린 상태였다.

협봉검은 혈두타의 옷자락을 아슬아슬하게 스쳤을 뿐이었다. 협봉검이 아래로 빠져나가는 순간, 혈두타는 또다시 벼락처럼 몸을 튕겨 철노를 연거푸 휘둘렀다.

목숨을 잃을 위기에 처하면 없던 힘도 생기는 걸까?

빙소소는 스스로 생각하기에도 믿을 수 없는 움직임으로 협봉검을 회수하고 철노를 상대해 갔다.

깡! 격렬한 첫 합에 불꽃이 사방으로 튀었다.

까강깡깡깡!

뒤를 이은 격병의 소리가 요란하게 울리길 한참, 두 사람은 순식간에 십여 합을 나누었다. 하지만 백 근에 달하는 강철노를 귀신같이 휘두르는 삼두육비(三頭六臂)의 괴물 혈두타는 장개산을 업고 한나절을 달린 빙소소가 상대하기엔 너무나 강했다.

시간을 끌면 끌수록 불리하다는 것을 실감한 빙소소는 목숨을 건 도발을 감행했다. 철노가 무시무시한 속도로 날아드는 순간 어깨에 일격을 맞을 각오를 하고 혈두타의 전권 속으로 깊숙이 일검을 찔러 넣은 것이다.

놀라운 일이 벌어졌다.

혈두타의 철노가 한순간 크게 흔들리는가 싶더니 협봉검이 그의 팔목을 뚫어 버린 것이다. 자신의 일초가 너무나 간단하게 성공해 버리자 빙소소는 어리둥절했다.

혈두타는 지독한 인간이었다.

팔뚝에 검을 꽂은 상태에서 그는 팔을 바깥으로 크게 휘둘러 검을 빼냈다. 검이 빠져나간 그의 팔뚝에서 붉은 피가 뚝뚝 떨어져 내렸지만 백 근에 달하는 철노는 여전히 그 손에 쥐어진 채 압도적인 위압감을 발산했다.

그러나 출혈을 그냥 내버려 둘 수는 없었는지 혈두타는 소맷자락을 거칠게 찢어 검상을 동여매기 시작했다. 그의 폭풍 같은 공세로부터 숨 돌릴 사이도 없이 빙소소는 또 다른 적들을 상대해야 했다.

적들은 옆에서만 다가오지 않았다.

혈두타와 공방을 벌이는 사이 그의 수하들은 석벽의 아래위로 흩어져 포위망을 좁혀왔다. 어느 순간, 가랑이 아래에서 번쩍이는 섬광과 함께 칼 한 자루가 솟구쳤다.

무얼 어떻게 해볼 틈도 없었다.

빙소소는 장개산을 죽게 만들 수 없다는 생각만으로 저도 모르게 몸을 뒤집어 석벽에 찰싹 달라붙어 버렸다. 무섭게 솟구치던 검이 빙소소의 가슴 앞에서 우뚝 멈춰 섰다.

"······!"

"······!"

한순간 이어진 짧은 정적.

빙소소는 놈들이 노리는 건 장개산일 뿐, 자신을 죽일 수 없다는 걸 알아차렸다. 아마도 벽사룡의 명령이 있었기 때문이리라.

이러면 얘기가 달라진다.

'조금 비겁한 방법이지만.'

빙소소는 가슴을 활짝 열어둔 상태에서 방어를 염두에 두지 않은 채 일방적인 검초를 뿌려댔다. 통운각의 무사 역시 반격을 시도하기는 했지만 마음 놓고 공격을 하지는 못했다.

깡! 까까까깡!

눈 깜짝할 사이에 다섯 합을 나누었다.

일방적인 공세를 견디지 못한 통운각의 무사가 기어이 가슴에서 피를 뚝뚝 떨어뜨렸다. 그때쯤엔 팔뚝의 상처를 동여 맨 혈두타가 또다시 철노를 휘두르며 다가왔다.

빙소소는 급박하게 몸을 비틀어 가슴을 내밀었다. 빙소소가 몸을 비트는 순간 그녀를 상하게 할 것을 염려한 혈두타가 황급히 철노를 꺾었다. 철노는 빙소소의 뒤편 석벽을 두들겼다.

콰! 소리와 함께 또다시 돌덩이들이 우수수 떨어졌다.

그 틈을 타 빙소소는 혈두타의 손목을 질풍처럼 잘라갔다. 혈두타는 역시 만만한 상대가 아니었다. 찰나의 순간 그는 철노를 놓아 버렸고, 빙소소의 협봉검이 그사이를 지나간 이후 아직 체공 상태에 있는 철노의 손잡이를 재빨리 붙잡는 신기를 보였다.

뿐만 아니라 철노를 끌어당겨 빙소소의 옆구리를 후려치기까지 했다.

퍽! 소리와 함께 빙소소는 내장이 진탕당하는 고통이 느껴졌다. 그 순간 철노는 아래로 떨어지며 한 바퀴를 빙글 돌더니 빙소소의 어깨를 또 한 번 둔탁하게 내리쩍었다.

뻐억!

고통이란 정신을 말하기 이전에 육체의 영역이다.

옆으로 휘었던 빙소소의 상체가 이번엔 뒤로 휘었다.

한순간 정신이 아득해지며 석벽에 찔러 넣었던 손에 힘이 빠졌다. 빙소소는 장개산의 무게를 이기지 못하고 십여 장 아래의 호수로 곤두박질쳤다. 그 순간, 밧줄을 타고 허공을 날아다니며 기회를 엿보고 있던 사내가 어느새 다가와 채찍을 뿌려 빙소소의 허리를 낚아챘다.

채찍의 끄트머리에는 손가락을 구부린 것 같은 크기의 작은 갈고리가 달려 있었는데, 채찍이 허리를 두어 바퀴 휘감은 후 갈고리가 원줄에 걸리면서 빙소소는 그대로 묶여 버렸다.

빙소소는 채찍에 매달린 채 호수 위를 이리저리 날아다녔다. 혈두타에게 두 번이나 타격을 허용한 그녀는 가까스로 정신을 차리기는 했으나 온몸의 뼈가 부서지는 듯한 고통으로 말미암아 도저히 항거할 수 있는 상황이 아니었다.

그나마 혈두타가 벽사룡의 눈치를 보아 손속에 사정을 두었기에 망정이지, 그렇지 않았다면 벌써 갈비뼈가 서너 대는 부러지고 어깨뼈 역시 내려앉았을 것이다.

빙소소는 축 늘어진 상태에서 체념을 하고 말았다.

만 하루에 걸친 도주가 끝나는 순간이었다.

모든 것이 허망했다.

지금 자신의 모습을 좀 보라.

굴비처럼 밧줄에 묶여 축 늘어진 자신의 모습을 보고 있자니 한심하기 짝이 없었다. 결국은 이렇게 놈들에게 잡히고 말 것을, 한나절 앞도 보지 못하면서 마치 세상이라도 구할 것처럼 검을 차고 돌아다니던 시절을 생각하니 얼굴이 벌게 졌다. 강하지 못하다는 것은 이처럼 굴욕적이고 비참한 일이었다.

"놈은 어떻게 할까요?"

밧줄을 탄 사내가 이리저리 흔들리는 동안 혈두타에게 물었다. 혈두타는 대답을 않고 동굴 입구에 서서 사태를 지켜보고 있던 벽사룡을 바라보았다.

벽사룡이 가볍게 고개를 끄덕였다.

혈두타가 다시 사내에게 말했다.

"숨통을 끊고 호수에 버려라."

사내는 가볍게 고개를 끄덕이더니 갑자기 몸을 뒤집어 두 다리를 천장으로 향하게 했다. 이어 한 발을 밧줄에 서너 번 휘감고는 밧줄을 쥐고 있던 왼손을 놓아 버렸다. 하지만 그는 떨어지지 않고 여전히 밧줄에 거꾸로 매달린 상태였다. 밧줄을 쥔 손에 가해진 모든 무게를 고스란히 발로 옮긴 것이다.

왼손이 자유로워진 그는 발목으로부터 반장쯤 높은 위치의 밧줄을 움켜쥐더니 눈 깜짝할 사이에 조그만 고리 매듭을 만들었다.

마지막으로 오른손에 쥐고 있던 채찍을 힘껏 끌어 올려 고리에 걸어 당기자 빙소소와 장개산이 쭉 딸려 올라오면서 순식간에 그의 눈앞에 놓이게 되었다.

사내가 품속에서 한 뼘 가량의 비수를 뽑아 들었다.

저걸로 장개산의 심장에 박으려는 것이다.

빙소소는 허리가 끊어질 듯 고통스러운 와중에도 협봉검을 놓지 않고 있었다. 죽을힘을 다해 검을 뻗었다. 하지만 철노에 맞은 충격으로 말미암아 사지가 말을 듣지 않는 그녀는 사내의 상대가 되질 않았다.

사내는 금나수를 펼치듯 비수를 휘둘러 협봉검을 후려쳤다.

검신을 통해 전해져 오는 진동이 예사롭지 않더라니, 협봉검을 땅 소리와 함께 빙소소의 손을 떠나 호수로 떨어져 버렸다. 그사이 사내가 장개산의 심장을 향해 비수를 힘차게 내리찍었다.

"안 돼!"

빙소소는 비명을 지르며 장개산을 감싸 안았다. 사내의 비수가 왼쪽 어깨를 살짝 뚫고 들어오다가 말고 황급히 빠져나갔다. 빙소소가 온몸으로 막자 크게 당황했던 모양이었다.

빙소소는 힘껏 몸을 비틀며 사내의 턱에 일격을 가했다.

퍽! 소리와 함께 사내의 턱이 돌아갔지만 이미 진기가 쇠진

한 주먹에 힘이 실릴 리 없었다.

빙소소는 아예 너 죽고 나 죽자는 식으로 사내를 끌어안고 육탄돌격을 퍼부었다. 이로는 사내의 목덜미를 물어뜯고, 양손으로는 눈알을 파내기 위해 얼굴을 더듬었다.

어떻게든 장개산을 죽이고 빙소소를 생포하려는 사내와 생애 마지막 발악을 하는 빙소소가 공동 한가운데의 밧줄에 매달려 하나로 뒤엉킨 모습은 처참하기까지 했다.

그러던 어느 순간, 사내의 비수가 빙소소와 장개산을 하나로 묶은 장삼줄 아래로 들어갔다.

빙소소는 모든 동작을 멈추고 석상처럼 굳어버렸다.

이대로 비수를 그어 올리기만 하면 장개산은 자신의 허리에서 분리되어 차디찬 지저빙호로 떨어지게 된다. 그러곤 채 일각이 되지 않아 온몸이 얼어붙으면서 뻣뻣한 시체로 변하리라.

"안 돼!"

빙소소가 애원했지만 소용없었다.

사내는 마치 죽은 동료들에 대한 복수라도 하려는 듯 눈가를 씰룩였다.

그가 비수를 그어 올리려는 순간, 빙소소의 두 눈이 튀어나올 듯 커졌다. 그녀의 눈동자에 비친 호수의 물그림자에서 기묘한 파동이 생겨나고 있었다.

불길한 예감을 느낀 사내는 천천히 고개를 꺾어 아래를 바라보았다.

  자신의 발을 타고 뚝뚝 떨어져 내리는, 누구의 것인지 모를 핏방울을 따라 호수 위에 작은 동심원이 퍼지고 있었다. 그 동심원 한가운데 무언가 거대하고 시커먼 그림자가 아른거리는 것이 아닌가.

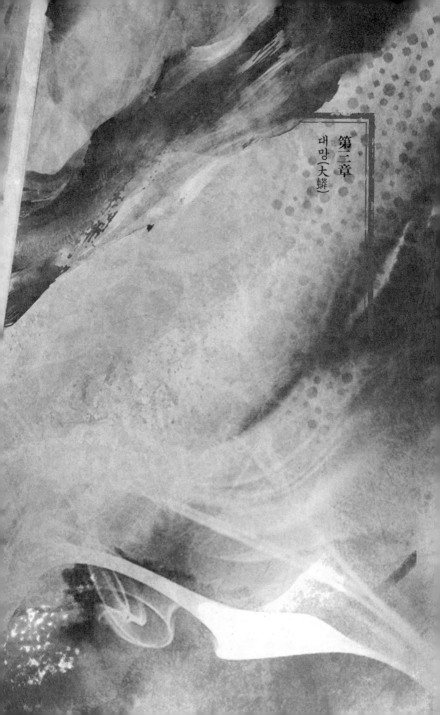

第二章

대망(大蟒)

봉전의 불빛이 사방에 어른거렸지만 호수의 물이 워낙 맑고 투명했기에 석벽에 달라붙어 있는 혈두타와 그의 수하들도, 동굴 입구에 서서 사태를 지켜보고 있던 벽사룡도 정체불명의 그림자를 똑똑히 보았다. 왠지 모를 불안감이 모두의 뇌리에 엄습하는 순간, 그림자가 굉음과 함께 수면을 뚫고 솟구쳤다.

그건 거대한 뱀의 형상을 하고 있었다.

굵기는 암소의 배만 하고, 흉측하게 생긴 대가리에는 악어의 돌기처럼 정체 모를 무언가가 툭툭 튀어나온 놈은 거대한 물보라와 함께 십여 장이나 솟구치며 입을 쩍 벌렸다. 그러곤 눈 깜짝할 사이에 사내를 가슴까지 삼킨 채 뚝 떨어져 다시 물속으로 사라져 버렸다.

뱀이 사라진 수면에 또다시 거대한 물보라가 일었다.

너무나 비현실적인 광경에 충격을 받은 사람들은 너 나 할 것 없이 그 자리에서 얼어붙어 버렸다.

"대, 대망(大蟒)……! 전설이 사실이었어!"

누군가 목소리를 쥐어짰다.

대망은 뿔이 없는 거대한 뱀, 즉 용이 되지 못하고 오래된 못 깊은 곳에 산다는 이무기를 말한다. 하지만 그건 어디까지나 사람들 사이에서 떠도는 전설일 뿐, 그런 마수가 실제로 존재할 리 없지 않은가. 모두가 넋 나간 사람처럼 굳어 있던 그때 혈두타가 고함을 질렀다.

"모두 동굴로 돌아가라!"

혈두타의 말이 끝나기 무섭게 사람들이 석벽을 타고 동굴을 향해 달리다시피 기어갔다. 그 순간, 앞서 대망에게 잡아먹힌 줄 알았던 사내의 사체가 물 위로 둥둥 떠올랐다.

가슴에 커다란 구멍이 뚫린 채 팔다리가 비정상적인 각도로 꺾인 그는 이미 숨이 끊어진 상태였다. 그의 몸에서 흘러나온 피가 주변을 순식간에 붉게 만들었다.

분명 집어삼켰거늘, 대망은 왜 그를 다시 토해낸 것일까?

다른 사람들을 사냥하기 위해서다. 사람들을 모두 죽인 후 두고두고 천천히 먹을 생각인 것이다.

아니나 다를까, 호수 가장자리의 물살이 일렁거리며 시커멓고 거대한 그림자가 다시 모습을 드러냈다. 놈은 호수를 빠르게 가로지르더니 사람들이 달라붙어 있는 석벽 아래에서 또다시 솟구쳤다.

엄청난 물보라와 함께 거대하고 섬뜩한 대가리가 또 모습을 드러냈다. 쩍 벌린 입 사이로 상아처럼 뻗은 네 개의 이빨이 숨 막히도록 위협적이었다.

놈은 가장 가까운 곳에 있던 사람을 덥석 물고는 그대로 물속으로 곤두박질쳤다. 대망의 대가리가 사라진 자리에 연거푸 거대한 물보라가 일었다.

투명한 물속으로 가슴까지 먹힌 채 발버둥치는 사내의 모습이 언뜻언뜻 비쳤다. 하지만 그것도 잠시, 대망이 거대한 송곳니로 가슴을 뚫은 상태에서 좌우로 거칠게 흔들자 사내는 이내 축 늘어지고 말았다.

석벽에 달라붙어 있던 다른 사람들은 앞다투어 미친 듯이 동혈 쪽으로 기어갔다.

대망은 자신의 안식처를 침범한 인간을 용서치 않겠다는 듯 두 번째 사내 역시 내팽개쳐 둔 채 또다시 물 밖으로 대가리를 내밀었다.

한데 이번엔 공격의 양상이 달랐다.

놈은 물보라를 일으키며 거대한 꼬리를 치켜들더니 사람들이 타고 있던 석벽을 오른쪽에서 왼쪽으로 크게 쓸었다. 가까스로 달라붙어 있던 통운각의 무사들이 죄다 호수로 빠져 버렸다.

몇몇 발 빠른 자들이 그 와중에도 석벽을 박차고 날며 놈의 몸통 위로 뛰어내렸다. 힘차게 칼을 찍어 댔지만 대망의 커다란 비늘은 흡사 강철을 두들겨 만든 듯 도무지 뚫리질 않았다.

오히려 화만 돋우는 꼴이 되어 버렸다. 대망이 발작적으로 몸통을 비틀고 흔들어댔다. 가까스로 놈의 몸통에 달라붙어 있던 몇몇 용감한 사내들도 끝내 균형을 잡지 못해 호수로 떨어져 버렸다.

유일하게 한 사람, 혈두타만이 대망의 목덜미에 착 달라붙어 커다란 강철노로 연신 후두부를 두들겨 팼다. 퍽퍽 소리가 요란하게 울리며 둔중한 충격의 여파가 지켜보는 사람들 모두에게까지 고스란히 전해졌다.

황하를 주름잡던 혈두타의 집중적인 타격에는 대망도 고통을 느끼지 않을 수 없었던 모양이었다. 화가 치민 놈은 머리를 물속으로 세차게 처박았다가 갑자기 솟구쳐 오르며 혈두타를 석벽에 발라 버렸다.

대망의 육중한 몸통과 석벽 사이에 끼인 혈두타는 고통스러운 와중에도 철노를 지렛대 삼아 놈을 밀어내려 했다. 지독한 근성에 놀라운 임기응변. 하지만 그도 결국은 인간에 불과했다.

대망은 갑자기 고개를 쳐들어 혈두타를 공중으로 힘껏 던져 버렸다. 탄력적인 힘을 이기지 못한 혈두타가 대망의 목덜미에서 떨어져 한순간 허공을 날았다.

대여섯 장 정도 솟구친 그가 다시 아래로 떨어지는 순간 대망이 이번엔 꼬리를 휘둘러 그를 후려쳐 버렸다. 흡사 거대한 몽둥이로 나무에서 떨어지는 생쥐를 후려치는 듯한 기세.

퍽! 소리와 함께 혈두타의 허리가 비정상적인 각도로 꺾였다. 그는 엄청난 속도로 호수 위를 가로질러 날더니 쿵 소리를 내며 호수의 건너편 석벽에 부딪힌 후 맥없이 떨어졌다. 대망의 꼬리에 일격을 맞는 순간 그는 허리가 부러졌고, 석벽에 맞는 순간 완전히 정신을 잃었다.

그가 떨어진 석벽 아래에 좁게나마 몸을 뉘일 공간이 있었다는 게 그나마 천운이었다. 덕분에 그는 허리가 부러지고 정신을 잃었을지언정 빙호로 빠져 대망에게 잡아먹히는 것만은 피할 수 있었다.

그와는 달리 앞서 빙호에 빠진 통운각의 무사들을 자신들이 걸어 나온 동혈 쪽을 향해 필사적으로 헤엄쳐 갔다. 하지만 대망은 그마저도 순순히 도망갈 수 있도록 허락하지 않았다.

놈은 거대한 몸을 이용해 수면에 높다란 파도를 만들었다. 그러곤 파도를 타고 밥알처럼 둥둥 떠다니는 사람들을 닥치는 대로 사냥하기 시작했다.

사람들은 순식간에 하나둘씩 대망의 입 속으로 빨려 들어갔다. 벼락처럼 돌아서며 마지막까지 저항하던 사람들은 상아 같은 송곳니에 가슴을 뚫린 상태로 잡아 먹혔다.

그 어떤 고절한 무예도, 수많은 인간의 목숨을 앗아간 도검도 대망의 거대한 송곳니와 단단한 비늘 앞에서는 무용지물이었다.

대망은 그렇게 잡아먹은 사람들을 어김없이 토해냈다. 당연히 즉사였다. 호수 위에는 사람들의 시체가 계속해서 늘어났다.

빙소소는 자신의 눈을 의심했다.

거대한 대망의 존재도 그렇지만, 놈이 한낱 미물을 사냥하듯 인간을 통째로 집어삼키는 장면은 충격적이다 못해 비현실적이기까지 했다.

이대로 놀라고만 있을 때가 아니었다.

천운으로 목숨을 건지기는 했지만 원숭이 사내가 대망에

게 잡아먹히는 순간 채찍을 놓아버리는 바람에 빙소소는 지금 장개산을 매단 채로 밧줄의 끄트머리를 아슬아슬하게 붙잡고 있었다.

아래로 곤두박질치던 찰나의 순간, 재빨리 손을 뻗어 밧줄을 잡지 않았다면 대망은 통운각의 석벽에 달라붙어 있던 통운각의 무사들이 아니라 자신들을 먼저 집어삼켰을 것이다.

하지만 지금의 상태도 오래 버틸 수 있을 것 같지가 않았다. 공력을 모두 소진한데다 혈두타의 철노에 두 번이나 가격당한 직후인지라 온몸에서 힘이 빠져나가고 있었다.

지금은 대망이 석벽에서 떨어진 통운각의 무사들을 잡아먹는데 정신이 팔려 있지만, 자신들이 떨어지면 물소리를 듣고 놈이 달려올 게 분명했다.

빙소소는 젖 먹던 힘까지 쥐어짜 다른 손으로도 밧줄을 잡으려 했다. 그 순간, 장개산을 묶어두었던 옷이 투두둑 소리를 내며 반쯤 찢겨 나갔다. 원숭이 사내가 대망에게 물려 떨어지는 순간 비수가 옷을 스쳤던 모양이다.

"안 돼!"

투투툭!

옷자락이 쭉 찢어지는가 싶더니 장개산은 기어이 십여 장 아래의 호수로 떨어지고 말았다. 풍덩! 하는 물소리가 천둥처럼이나 크게 들렸다.

통운각의 무사들을 사냥하던 대망이 일순 동작을 멈추고 소리가 난 곳으로 고개를 돌렸다. 태양이 이글거리는 듯한 놈의 눈동자가 그렇게 섬뜩할 수가 없었다.

그사이 장개산은 물속으로 스르륵 잠기고 있었다.

빙소소는 밧줄을 놓고 함께 물속으로 뛰어 들었다.

풍덩!

온몸을 통째로 얼려 버릴 듯한 지독한 한기가 엄습해 왔다. 빙소소는 고통스러운 와중에도 두 눈을 똑바로 뜨고 심연 속으로 빠져 들어가는 장개산을 향해 헤엄쳐 갔다.

머리카락이 사방으로 풀린 채 두 눈을 감은 장개산은 여전히 의식이 없었다. 한 손을 쭉 뻗어 그의 손을 잡으려 하는 순간, 좌방으로부터 시커먼 그림자가 빠르게 다가오는 것이 보였다.

대망이었다.

놈의 섬뜩한 눈동자와 마주치는 순간, 빙소소는 가슴이 철렁 내려앉았다. 순식간에 지척으로 다가온 놈이 입을 쩍 벌렸다. 네 개의 거대하고 날카로운 송곳니가 모습을 드러내며 강한 흡인력이 느껴졌다.

물속에서 인간의 몸짓이란 얼마나 미약한 움직임인가.

빙소소는 대망이 흡입하는 거센 물살에 휩쓸려 놈의 입속으로 급격하게 빨려 들어갔다. 그 순간, 머리 위에서 세찬 물보라와 함께 백광의 물체가 떨어져 내렸다.

그건 분명 인간이었다.

인간은 흡사 쇳덩이처럼 가라앉더니 빙소소의 허리를 휘어 감았다. 동시에 두 발로 대망의 송곳니를 힘차게 박찼다. 엄청난 힘을 감당하지 못한 대망의 고개가 물속에서도 한순간 튕기듯 방향을 꺾었다.

그사이 빙소소는 허리가 끊어질 듯한 인력(引力)을 느끼며 대망의 입속으로부터 빠져나왔다.

장개산이 더 깊은 심연으로 가라앉는 것을 보며 그녀는 기어이 수면 위로 솟구쳐 올랐다.

참았던 숨을 토해내며 정신을 차리고 보니 벽사룡의 옆구리에 매달려 있었다. 벽사룡은 한 손엔 밧줄을 잡고, 또 다른 한 손엔 빙소소를 안은 채 밧줄의 반동을 이용해 호수 위 허공을 날고 있었다.

밧줄의 반동이 가장 높아지는 순간 그의 몸이 허공에서 한 바퀴를 돌아 좌방의 천장에 매달려 있는 종유석을 박찼다. 그 탄력으로 벽사룡은 대여섯 장을 더 날아가 석벽에 부딪혔고, 거기서부턴 몸을 착 밀착시키며 석벽을 수직으로 십여 장이나 타고 달렸다.

그야말로 한 마리 새와도 같은 몸놀림, 잠시 후 벽사룡은 호수를 가로질러 건너편 모래톱에 털썩 떨어져 내렸다. 모래 톱에는 벽사룡이 호수를 만나자마자 동굴의 입구에서 묶어 던졌던 횃불 대여섯 개가 모닥불이 되어 활활 타오르는 중이 었다.

"비켜!"

빙소소는 바닥에 떨어지자마자 벽사룡의 손을 거칠게 뿌리치며 다시 물속으로 뛰어들려 했다. 장개산을 구하기 위해 서였다. 벽사룡이 그녀의 어깨를 거칠게 붙잡았다.

어디서 그런 힘이 생겨났는지 모른다.

빙소소는 질풍처럼 돌아서며 비수를 뽑아 벽사룡을 베었다. 발검과 동시에 상대를 베는 이 수법의 이름은 월영참초(月影斬草), 원공검의 절초였다.

벽사룡의 손이 몸에 닿는 순간 저도 모르게 살초가 튀어나온 모양이었다. 비록 짧은 비수였지만 검초는 협봉검으로 휘두른 것 못지않게 날카로웠다.

까각!

지나치게 가까웠던 탓일까?

벽사룡은 뜻하지 않게 가슴에 일검을 허용하고 말았다.

하지만 불똥만 튀었을 뿐 그는 멀쩡했다.

가슴에 패용하고 있는 은빛 흉갑 때문이었다.

빙소소는 몰랐지만 운철(隕鐵)을 두들겨 만든 비늘 일천 개를 강사로 엮은 흉갑은 천하의 어떤 보검으로도 뚫을 수 없는 기물로, 오래전 무공을 모르는 독수광의가 정파의 인물들을 상대로 전쟁할 당시 패용하던 물건이었다. 그리고 지금 이 흉갑은 사파인들에게 지난날의 기억을 상기시키는 물건이자 권위의 상징이었다.

빙소소는 전력을 쏟아 휘두른 일검이 성공을 거두지 못하자 망연자실했다. 평범한 흉갑이 아닌 줄은 알았지만 생채기 하나 내지 못할 정도로 깨끗할 줄이야.

더불어 저 무거운 흉갑에 검까지 차고도 자신을 옆구리에 끼고 호수 위를 날다시피 가로질러 온 벽사룡의 무예에 소름이 끼쳤다.

벽사룡은 반격을 가할 생각도 하지 않은 채 묵묵히 서 있었다. 빙소소는 벽사룡에게서 경계를 늦추지 않은 채 또다시 물속으로 뛰어들려 했다. 하지만 채 세 걸음을 옮기지 못하고 휘청거렸다. 가까스로 쓰러지는 것만은 면했지만 이미 도저히 걸음을 옮길 수 있는 상황이 아니었다.

물에 젖은 사지가 천근만근으로 무거웠다.

장개산의 육중한 몸을 버티며 석벽과 밧줄을 매달려 있는 동안 진기가 죄다 빠져나간 데다 혈두타에 당한 부상으로 말미암아 사지가 말을 듣지 않았다.

이대로 물속으로 들어가는 건 대망에게 스스로 제물이 되는 것이나 다름없었다. 하지만 그렇게 해서라도 장개산을 살릴 수만 있다면…….

"이미 늦었다."

벽사룡이 말했다.

빙소소는 가쁜 숨을 몰아쉬며 고개를 들었다.

호수 전체가 피로 얼룩진 가운데 대망을 상대로 결사항전하는 사람들이 보였다. 어떤 자는 놈의 몸통에 올라타 죽어라칼을 찔러댔다.

하지만 여태 뚫리지 않던 비늘이 갑자기 뚫릴 리 없었다. 그는 기괴한 모양으로 고개를 꺾어 다가오는 대망에게 통째로 잡아먹혀 버렸다.

어떤 자는 감히 싸울 생각을 못한 채 필사적으로 석벽을 기어 올라갔지만 어느새 물속에서 다시 솟구친 대망에게 잡아먹혀 버렸다.

그 순간 빙소소는 똑똑히 보았다.

놈의 거대한 송곳니에 가슴 부위를 뚫린 채로 걸려 있는 낯익은 가죽 옷을. 소매도 없이 앞가슴을 가죽 끈으로 질끈 동여매도록 만든 옷은 조금 전까지 장개산이 입고 있던 바로 그가죽옷이었다.

틀림없다.

자신이 벽사룡에 의해 구출되는 순간 대망이 장개산을 집어 삼킨 것이다.

툭!

손에 들려 있던 비수가 땅에 떨어졌다.

하늘이 무너져 내리는 것 같았다. 가슴속 저 깊은 곳에서 무언가가 올라오다 목구멍에 탁 걸리더니 숨을 쉴 수가 없었다. 가슴이 터질 것처럼 아프고 정신이 아득해졌다.

휘청거리며 쓰러지는 그녀를 벽사룡이 황급히 부축했다.

"정신 차려!"

자신의 몸이 적의 품에 안겨 있지만 그를 밀쳐 낼 힘도 없었다. 한순간 모든 것이 무의미해지며 이대로 놓아버리고 싶었다. 이제 어떻게 되든 무슨 상관이랴.

어느 순간 공동이 잠잠해졌다.

호수의 물결은 여전히 크게 출렁이고 있었지만 더는 물보라 소리도, 사람들의 비명도 들리지 않았다. 호수 위에는 고깃덩어리로 변한 통운각 무사들이 둥둥 떠다녔다.

사냥을 끝낸 대망은 이제 호수의 가장 안쪽 모래톱에 있는 두 사람을 바라보더니 섬뜩한 눈동자를 빛내며 천천히 다가왔다.

벽사룡은 빙소소를 번쩍 들어다 모래톱의 안쪽에 앉혀 둔 채 그녀의 앞을 막아섰다. 검을 뽑아 들고 미지의 괴수와 마주하고 선 그의 모습 어디에서도 두려운 기색이라곤 찾아 볼 수 없었다.

대망의 대가리가 호수로부터 쭉 뽑혀 나왔다. 거대한 덩치에 어울리지 않게 빠른 움직임, 쩍 벌린 놈의 입에서 피비린내가 확 풍겼다. 벽사룡은 선 자리에서 질풍처럼 회전하며 대망의 송곳니를 피했다.

"한낱 미물 따위가 감히!"

순식간에 일장 높이로 솟구친 벽사룡은 일도양단의 기세로 놈의 정수리를 내려쳤다. 순간, 그의 검으로부터 다섯 가닥의 강기가 뿜어져 나왔다.

시퍼런 강기 하나하나가 흡사 벼락이 치는 것과도 같은 경기를 일으키는 이 수법의 이름은 오뢰박(五雷拍), 일사인 천화성군 혁련월로부터 전수받은 뇌화백팔검(雷火百八劍)의 정수였다.

빠바바바방!

대기를 두들기는 굉음과 함께 엄청난 풍압이 휘몰아쳤다. 그 충격으로 말미암아 수면의 물이 솟구치고 천장이 덜썩거릴 지경이었다.

공동전체가 오뢰박의 경기로 부르르 떨리는 동안 묵직한 힘을 이기지 못한 대망의 대가리는 땅바닥으로 곤두박질쳤다.

하지만 놈의 대가리가 튕겨나가는 것부터가 잘못되었다.

검날이 고기를 베고 들어갔다면 이렇게 튕겨나갈 일이 없다.

대망은 한순간 정신이 아득한지 대가리를 세차게 흔들었다. 오뢰박이 격중했던 정수리는 시커멓게 불탄 듯한 자국만 남아 있을 뿐 생채기 하나 없이 깨끗했다. 놈은 수면 위 십여 장 높이까지 고개를 쳐들더니 벽사룡을 도도하게 굽어보았다. 마치 처음 보는 신기한 생물을 대하듯.

"……!"

벽사룡은 놀라움을 금치 못했다.

오뢰박은 천하삼검 중 일인이라 불리는 일사의 평생 공부가 집적된 절초 중의 절초였다. 하늘 아래 이 일초를 정면으로 받고도 목숨이 붙어 있을 생물은 존재하지 않을 거라 믿었거늘…….

벽사룡은 오른발을 바깥으로 큼지막하게 떼어 밟은 다음 몸을 살짝 비틀었다. 그 상태에서 검을 정중앙에 곧추세우고 놈을 올려다보았다.

땅속 깊은 곳에서 수백 년을 홀로 살아온 괴수와 천하를 가슴에 품은 최강 인간은 그렇게 한동안 서로를 노려보며 기세를 겨루었다.

그러다 어느 순간 대망의 고개가 뒤로 한껏 당겨졌다. 공격을 시작하기 직전의 움직임. 대망은 거대한 대가리를 무서운 속도로 내리꽂았다.

벽사룡은 모래 바닥을 박차며 십여 장이나 공중으로 도약했다. 대망의 송곳니가 스치듯 곤두박질치는 순간 그는 몸을 질풍처럼 뒤집으며 무서운 속도로 떨어져 내렸다.

체공 상태에서 사람이 검과 함께 소용돌이치며 내리꽂는 이 수법의 이름은 법라신주(法螺神柱), 이사인 은하검객 마중영의 절기 성라고검(星羅孤劍)의 일초였다.

소용돌이치는 신의 기둥이라는 이름처럼 가공할 강기가 뿜어져 나와 대망의 눈을 후벼 팠다. 단단한 피부야 비늘 때문에 그렇다 쳐도 눈까지 금강불괴일 리 없지 않은가.

한데 그건 벽사룡의 착각이었다.

파앙!

강기가 맹렬하게 소용돌이치며 눈을 가격했거늘 약간의 상처만 냈을 뿐 불과 한 치도 파고들지 못했다. 뿐만 아니라 놈은 눈조차 깜빡거리지도 않았다.

그제야 벽사룡은 눈이라고 생각했던 것이 실은 흔적만 남은 일종의 문양이라는 걸 깨달았다. 그가 찌른 것은 눈의 모양을 한 비늘이었던 것이다.

고대의 어느 시간에는 놈에게도 분명 눈이 있었을 것이다. 하지만 지금은 뼈와 그 뼈를 에워싼 불꽃 문양의 비늘만 남아 있을 뿐이었다. 그 어떤 맹수든 눈이 최고의 급소인데 이래서야 방법이 없다.

순간, 무언가 거대한 것이 날아와 옆구리를 후려쳤다.

퍼억!

벽사룡은 미증유의 힘을 느끼며 옆으로 튕겨져 나갔다. 온몸의 뼈가 으스러지는 듯한 고통 속에서도 중심을 잡고 석벽에 두 발을 찍었다. 엄청난 힘을 견디지 못한 석벽이 쩌저적 갈라졌다. 이는 벽사룡의 힘이 아니라 온전히 대망의 힘이었다.

석벽을 찍고 다시 허공을 나는 순간 벽사룡은 자신의 옆구리를 후려친 것이 무엇인지 비로소 깨달았다. 그건 대망의 꼬리였다. 대가리와 섬뜩한 눈에 온 신경을 집중하는 사이 놈의 꼬리가 호수에서 튀어나와 가격한 것이다.

꼬리는 뱀의 몸통에서 가장 가볍고 날렵한 부위다.

대가리의 움직임조차 예사롭지 않았는데 꼬리는 그런 정도가 아니었다. 흡사 초절정의 고수가 휘두르는 철퇴라도 되는 듯 꼬리를 맹렬한 속도로 허공을 휘저었다. 벽사룡은 놈의 몸통을 밟고 솟구치며 그 거대한 꼬리의 중단을 힘차게 베어 갔다.

파파파팍!

줄기줄기 뿜어져 나온 강기가 눈 깜짝할 사이에 네 번이나 뻗어나갔지만 놈은 흡사 채찍에 맞은 듯 쫙쫙 흔적만 남았을 뿐 멀쩡했다. 제아무리 괴물이라고 하나 놈 역시 피가 흐르는 생물이고 보면 지금의 상황은 도저히 이해할 수 없는 것이었다.

지금까지 상대했던 인간들과는 다른 벽사룡의 움직임에 대망은 약이 오를 대로 오른 모양이었다. 모래톱이 있는 호수의 가장자리까지 거의 올라온 놈은 거대한 몸을 도저히 그럴 수 없는 움직임으로 미끄러지고 비틀며 연거푸 벽사룡을 공격했다.

사나운 송곳니가 석벽을 할퀴고, 바닥의 석순을 부러뜨렸다. 벽사룡은 벽사룡대로 바람 같은 움직임으로 놈을 이리저리 피하며 연거푸 공격을 해댔다.

인간과 괴수의 혈전으로 말미암아 지저빙호에는 또다시 물보라가 일고 석벽의 일부가 무너져 내렸다. 이대로 가다가는 자신 역시 놈의 먹이가 될 수밖에 없었다.

벽사룡은 난생처음으로 초조함을 느꼈다. 한낱 미물이라며 경시했던 마음이 싹 가셨다. 놈은 미물이 아니라 신이 빚은 신수이자 대자연이 만들어 낸 기적이었다.

그러던 어느 순간 벽사룡은 대망의 움직임에서 무언가 이상함을 느꼈다. 언제부턴가 놈의 공격이 날카롭지 못하고 어쩐지 자꾸만 석벽을 치거나 엉뚱한 바닥을 때리는 것처럼 보였다.

틀림없었다.

놈은 앞을 보지 못했다.

눈이 없으니 오직 소리와 냄새로만 사냥감을 포착하는 것이다. 그 말은 곧 소리를 내거나 냄새를 흘리지 않으면 놈을 피할 수 있다는 말이었다. 그러고 보니 놈이 빙호에 빠진 수하들을 사냥할 때 살아남기 위해 발버둥치는 자들을 먼저 잡아먹었던 것이 기억났다.

이제와 자신의 정확한 위치를 찾지 못하는 것은 수십 차례의 공방을 주고 받는 사이 냄새가 사방에 자욱하게 퍼졌기 때문이다. 기척만 흘리지 않으면 놈을 피할 수 있다.

벽사룡은 발걸음 소리를 죽이면서 오른 쪽으로 대여섯 장 정도 이동을 해보았다. 미세한 기척에 놈의 대가리가 잠시 이쪽을 향했지만, 분명 갈피를 잡지 못하고 있었다.

'됐어. 놈을 죽이진 못해도 호수를 건너갈 방법만 찾으면 최소한 여기서 빠져나갈 수는 있겠어.'

벽사룡의 의도를 읽었음일까?

대망이 갑자기 발작적으로 꼬리를 휘젓기 시작했다. 벽사룡이 꼬리를 피하기 위해 몸을 움직이는 순간 위치를 포착해 잡기 위해서다. 또다시 물보라가 일고 석벽이 진동했다. 그러다 대망의 꼬리에 맞은 천장의 종유석 하나가 뚝 떨어져 내렸다.

한데 하필이면 그 아래 빙소소가 있었다.

그녀는 아직 장개산의 죽음에 대한 충격으로 말미암아 몸을 제대로 가누지 못하는 상태였다. 대경실색한 벽사룡은 탄자공(彈子功)의 수법을 발휘, 질풍처럼 신형을 쏘았다.

몸 안의 진기를 일시적으로 폭발시켜 흡사 포탄과도 같은 속도를 내는 이 수법은 육사인 설산옥녀 요교랑으로부터 전수받은 것이었다.

천만다행으로 벽사룡은 떨어지는 종유석보다 먼저 도달할 수 있었다. 빙소소의 허리를 날쌔게 낚아채 두 바퀴를 빙글 회전하며 바닥을 구르는 사이 종유석이 굉음을 내며 모래바닥에 꽂히듯 박혔다. 그대로 맞았다면 지금쯤 빙소소의 몸은 고깃덩어리로 짓이겨 졌으리라.

일사와 이사의 신공이 아무런 소용이 없었던 반면, 육사에게 전수받은 작은 재주 하나가 이토록 요긴하게 쓰일 줄이야.

"정신 차려! 넌 내 것이다. 내 명령 없이는 마음대로 죽을 수 없어!"

벽사룡이 빙소소의 어깨를 세차게 흔들며 소리쳤다. 순간 흉갑 아래의 옆구리가 후끈해졌다.

꽝!

벽사룡은 빙소소의 가슴에 일격을 날렸다.

빙소소가 서너 장을 날아간 다음 석벽에 부딪혀 떨어지는 사이 벽사룡은 손으로 옆구리를 쓸어 보았다.

검붉은 선혈이 잔뜩 묻어 나왔다.

빙소소를 안고 구르는 순간, 그녀가 바닥에 떨어져 있던 비수를 주워들고 흉갑이 덮지 못한 옆구리를 찌른 것이다. 흉갑을 입지 않았다면 비수가 가슴까지 가르고 올라 왔으리라.

벽사룡은 진노한 눈으로 빙소소를 노려보았다.

"난 네 여자가 아니야. 그러니… 함부로 안지 마!"

"여기서 불귀의 객이 되고 싶은가? 내 도움 없이는 넌 절대로 살아 나갈 수 없다!"

"너 역시 마찬가지야."

순간, 벽사룡은 섬뜩한 살기를 느끼고 뒤를 돌아보았다. 빙소소에게 정신이 팔려 있는 사이 자신의 위치를 포착한 대망이 입을 쩍 벌린 채 벼락처럼 덮쳐 오고 있었다.

이제와 기척을 죽인다 해도 소용없었다. 옆구리의 상처에서 신선한 피를 흘리는 한 놈은 계속해서 공격을 할 것이다. 이제 죽으나 사나 놈과 싸워 끝장을 보는 수밖에 없었다.

"빌어먹을!"

벽사룡은 황급히 튕겨 나가며 놈의 첫 번째 공격을 피했다. 이어 빙소소에게 날아가 마혈을 짚은 다음 축 늘어지는 그녀의 허리를 한 팔로 휘감고 또다시 솟구쳤다.

대망은 기민했다.

놈은 관절이 없는 독특한 체절을 이용해 인간으로서는 도저히 흉내 낼 수 없는 각도로 몸을 꺾으며 끈질기게 따라붙었다.

벽사룡은 그때마다 석벽과 바닥 등을 박차고 날며 놈의 날카로운 송곳니를 피하는 한편, 틈을 노려 반격을 시도했다.

육사부로부터 전수받은 고금제일의 절기들을 무수히 퍼부었지만 여전히 약간의 자국만 새길 뿐, 대가리는 물론이거니와 놈의 몸 어느 곳에서도 피를 뽑아낼 수 없었다.

무공이 아니라 놈의 가공할 비늘이 문제였다.

비늘 역시 분명 놈의 뱃속으로 들어간 생물들이 변해서 만들어진 것일진대, 어떻게 이토록 강할 수 있단 말인가.

게다가 봉전의 불빛들이 어느새 하나둘씩 꺼지고 있었다. 공력이 깊으면 어둡고 밝음에 구애를 받지 않는다고 하지만 그것도 미세하게나마 빛이 있을 때 이야기였다. 불빛이 모두 꺼지고 나면 그때부턴 놈의 세상이 된다. 벽사룡은 조금씩 초조해졌다.

답답하기는 대망 역시 마찬가지인 듯했다.

수백 년을 산 놈의 입장에서는 오히려 한낱 미물에 불과한

인간 둘을 집어 삼키지 못하자 화가 머리끝까지 치미는 모양
이었다.

놈은 벽사룡을 직접 잡는 걸 포기하고 대가리로 천장을 쓸
었다. 놈의 거대한 대가리에 부딪힌 천장의 종유석들이 벽사
룡의 머리 위로 우수수 떨어져 내렸다.

어떤 것들은 절집의 당간지주만큼이나 컸다. 벽사룡은 신
법을 펼쳐 큰 종유석들을 피하는 한편 검을 폭풍처럼 휘둘러
작은 종유석들을 떨쳐 냈다. 그가 제아무리 신출귀몰한 재주
를 지녔다고 한들 빙소소를 안은 채 머리 위에서 우박처럼 쏟
아지는 종유석들을 모두 피할 수는 없었다.

게다가 벽사룡이 박아둔 봉전의 불빛들이 종유석과 함께
떨어졌다. 이제 남은 봉전은 대여섯 개가 채 안 되었고, 그나
마도 언제 꺼질지 모를 만큼 불빛이 사그라진 상태였다.

이대로 가다간 반드시 낭패를 본다.

엎친 데 덮친 격으로 힘차게 올려친 검이 묵직한 종유석에
맞아 땡강 부러져 버렸다. 초조한 나머지 저도 모르게 검초에
지나치게 강한 진기를 쏟아부은 모양, 벽사룡은 반토막 난 검
을 바라보며 망연자실했다.

'미치겠군!'

벽사룡은 천장에서 떨어지는 종유석들을 피해 뒤로 물러
나기 바빴다. 애초 호수 가장자리의 모래톱은 백여 평이 채

안될 정도로 좁았기 때문에 운신의 폭도 한계가 있었다.

급기야 막다른 곳까지 내몰리고 말았다.

등 뒤와 오른쪽은 까마득한 석벽, 왼쪽은 출렁이는 호수가 있었다. 석벽을 타고 오르면 등을 보이게 되고, 호수로 들어가면 대망의 둥지로 들어가는 셈이 된다. 물속에서는 절대로 놈보다 빠를 수가 없다. 그건 잡아먹히는 지름길이다.

완벽한 외통수였다.

벽사룡이 막다른 곳에 몰렸음을 직감한 탓일까?

대망이 갑자기 동작을 멈추고 그를 노려보았다.

대여섯 장 높이에서 대가리를 숙인 채 혀를 날름거리는 놈의 모습은 흉측함 그 자체였다. 인간의 피비린내와 놈의 뱃속으로부터 뿜어져 나오는 고약한 냄새로 말미암아 정신이 혼미해 질 지경이었다.

한참을 노려보던 놈은 마지막 일격을 가하려는 듯 대가리를 뒤로 힘껏 젖혔다. 그 순간 강력한 무언가가 대망의 뒤통수를 후려쳤다.

꽈앙!

꽝음과 함께 대망의 고개가 옆으로 급박하게 꺾이더니 석벽에 부딪히기까지 했다. 대망의 뒤통수를 가격한 것은 놀랍게도 사람 머리통만 한 돌덩어리였다. 황급히 돌덩어리가 날아온 곳으로 시선을 던져 보니 저만치 호수 건너 동혈의 입구에서 한 사람이 서 있었다.

어두워서 얼굴을 알아볼 수는 없었다.

하지만 건장한 체구에서 뿜어져 나오는 기도와 흐릿하게 비치는 그림자의 윤곽으로 말미암아 벽사룡은 단번에 그의 정체를 간파했다.

"삼사……!"

그는 적안살성 후동관이었다.

그가 돌덩어리에 진기를 담아 던진 모양, 대망은 대가리를 석벽에 부딪치고 나서도 한참이나 정신을 차리지 못했다. 비록 비늘을 부수지는 못했을지언정 엄청난 타격을 준 것이다. 순간, 후동관이 한 손을 가볍게 휘둘렀다.

쒜애액!

귀청을 찢는 파공성과 함께 은빛 섬광이 호수 위를 가로질러 날아왔다. 섬광은 대망의 목덜미를 스치듯 지나 벽사룡의 머리 위 석벽에 '꽝' 소리를 내며 박혔다.

파르르 꼬리를 떠는 그것은 한 자루 검이었다.

"낙뢰(落雷)!"

삼십 년 전 혈사가 일어났을 당시 독수광의는 언젠가 한 번은 자신에게 목숨을 빌려주겠다고 약속한 사람들의 명단인 차명부에 크게 의지했다.

사파의 거두들을 비롯해 차명부에 적힌 수많은 기인이사들이 약속을 지켰다. 상왕에 의해 동원된 백도인들이 그랬던 것처럼, 차명부에 적힌 인물들은 자신의 영향력을 행사해 또 다른 사파인들을 움직였고, 또 다른 사람들은 또 다른 사람들을 움직였다.

두 사람의 싸움이 전 무림으로 확전되었던 것은 그래서였다.

한데 독수광의 차명부에 적힌 사람들 중에는 무공이 아닌 다른 방면에 특출 난 재주를 지닌 자들이 몇 명 있었다. 바로 병기장(兵器匠)들이었다. 그들은 목숨을 빌려주는 대신 목숨을 걸고 두 개의 병기를 만들었다.

낙뢰검(落雷劍)과 방진갑(防震鉀)이었다.

떨어지는 벼락과 그 벼락을 막아내는 갑옷이라는 이름처럼 낙뢰검과 방진갑은 장장 십여 년 동안 독수광의와 함께하며 그를 적으로부터 지켜주었다. 이후 독수광의가 시체로 발견되는 와중에도 두 개의 병기만큼은 흔적도 없이 사라졌다.

그리고 삼십 년 흐른 후 낙뢰와 방진갑이 동시에 모습을 드러냈다.

하나는 금화선부에서 혈사가 일어났을 당시부터 벽사룡이 입고 있는 은빛 흉갑이었고, 또 하나는 바로 지금 그의 머리 위 석벽에 박혀 울음을 토해내고 있는 검이었다.

"서두르십시오!"

후동관이 외쳤다.

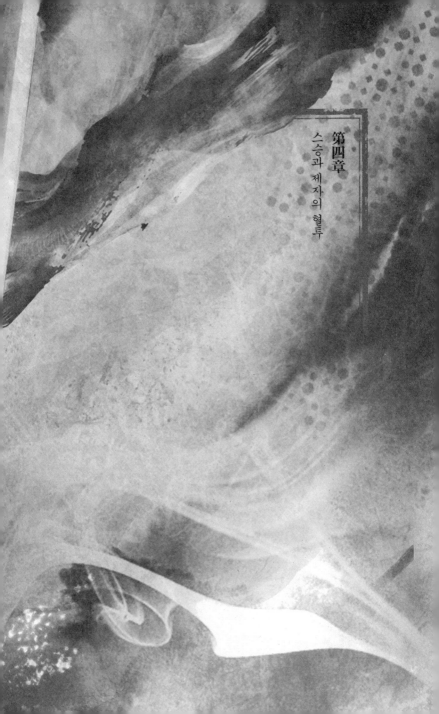

第四章

스승과 제자의 혈투

검을 뽑은 벽사룡은 대망을 향해 쇄도해 갔다.

강렬한 살기를 느낀 대망 역시 고개를 쳐들고 입을 쩍 벌렸다. 놈의 거대하고 날카로운 송곳니가 무서운 속도로 닥쳐왔다.

벽사룡은 상체를 착 가라앉히며 놈의 목덜미 아래를 파고들었다. 예상대로 놈은 고개를 구부리며 위에서 아래로 내리찍어 왔다. 오직 관절이 없는 뱀만이 보일 수 있는 움직임. 순간, 벽사룡은 몸을 빙글 회전시키며 놈의 공격을 피한 다음 일 장 높이로 솟구쳤다.

발아래 놈의 정수리가 보이는 순간 일도양단의 기세로 검을 내려쳤다. 검봉으로부터 다섯 가닥의 시퍼런 강기가 한번 뽑혀 나와 대망의 정수리로 떨어졌다. 일사의 절기 뇌화백팔검의 정수 오뢰박을 또다시 출수한 것이다.

빠바바바방!

굉음과 함께 엄청난 풍압이 휘몰아쳤다.

단단하기 이를 데 없던 대망의 정수리에서 핏발이 터지기 시작한 것도 동시였다. 분기탱천한 대망은 그 와중에도 몸을 비틀며 벽사룡을 후려쳤다.

하지만 그건 대망의 착각이었다.

우방으로 날아간 벽사룡은 석벽을 박차며 그 반동을 이용해 두 배나 빠른 속도로 튕겨져 나왔다. 힘을 이기지 못한 석벽 전체가 우지끈 갈라지는 순간, 그의 신형은 체공 상태에서 질풍처럼 회전하고 있었다.

오뢰박에 이어 이번엔 이사의 절기 법라신주가 또다시 펼쳐진 것이다. 벽사룡은 앞서 실패한 두 가지의 초식을 똑같이 펼침으로써 결코 자신의 무예가 약해서가 아니었음을 확인하고 싶었다.

예상은 적중했다.

맹렬하게 소용돌이치는 강기가 기어이 대망의 단단한 목을 후벼 팠다. 굵은 핏줄기가 한 자나 솟구쳤다. 이제야말로 고통을 이기지 못한 대망이 대가리를 공동의 천장까지 발작적으로 들어 올렸다.

오뢰박과 법라신주를 연거푸 맞고도 놈은 살아 있었다. 강기가 비늘을 뚫고 살을 찢었을망정 저 거대한 몸뚱이를 두 동강 내지는 못한 탓이다.

벽사룡은 또다시 허공을 날았다.

쭉 뻗는 그의 검신으로부터 백색의 광염이 휘몰아쳤다. 공력의 소모가 극심하지만, 대신 바위 속에도 암경(暗勁)을 침투시킬 수 있는 가공할 검공, 백선검노의 절기 빙섬탄(氷閃彈)이었다.

찰나의 순간, 백광의 가장자리에 영롱한 빛 무리가 생겨나는가 싶더니 하나의 선으로 집중되었다. 불길처럼 이글거리던 예전과 달리 차가운 빛으로 변한 백광이 대망의 목덜미를 좌에서 우로 벼락처럼 관통하고 지나갔다.

퍼엉!

고막이 먹먹해지는 굉음과 함께 대망의 거대한 몸뚱어리가 살 맞은 뱀처럼 발작적으로 몸부림치기 시작했다. 호수의 물이 미친 듯 튀어 오르고, 꼬리에 맞은 석벽이 금방이라도 무너질 듯 진동했다. 한 마리의 짐승이 벌이는 발작으로 말미암아 지저공동 전체가 아수라장으로 변해 버렸다.

한참을 발작하던 대망은 승천(昇天)하지 못한 마지막 한을

풀기라도 하려는 듯 천중을 향해 크게 솟구쳤다. 순간 드러나
는 놈의 거대하고 육중한 몸통, 하지만 놈은 몸을 채 절반도
뽑아내지 못하고 다시 호수로 곤두박질쳤다. 십여 장에 달하
는 거대한 몸뚱어리가 수면을 내려치면서 엄청난 높이의 물
보라가 튀어 올랐다.

그게 놈이 보인 마지막 움직임이었다.

대망은 대가리를 모래톱 위에 떨어뜨린 상태에서 축 늘어
졌다. 나머지 몸 전체가 호수를 가로 지르며 물에 둥둥 떴
다.

목덜미에서부터 시작해 대망의 대가리 전체가 서리를 뒤
집어 쓴 것처럼 하얗게 변해 있었다. 벽사룡이 출수한 빙섬탄
이 놈의 뇌를 한순간 통째로 얼려 버린 것이다.

이는 벽사룡조차 미처 예상하지 못한 결과였다. 이토록 거
대한 상대를 만나본 적 없기에 백선류의 무공을 펼치는 데는
언제나 한계가 있었다. 한데 오늘 마치 그 끝을 본 것 같았다.

육심문이 몸을 날렸다.

그는 선 자리에서 무려 십여 장을 날아 호수 위에 둥둥 떠
있는 대망의 몸통에 착 떨어지더니 그대로 통통 달려와 벽사
룡이 서 있는 모래톱 위에 가뿐하게 내려섰다.

"마침내 월광(月光)을 보셨군요. 축하드립니다."

"이것이… 월광?"

월광은 백선류가 구성에 이르렀을 경우에 나타난다는 빛이었다. 요란하고 위협적인 백색의 광염이 은은하고 차분한 한광으로 바뀌는 지점을 말하는데, 그 빛이 달빛을 닮았다 하여 월광이라 부른다. 백선검노는 월광을 뽑아내서야 비로소 백선류의 전설을 보게 될 것이라고 했다.

마침내 구성의 관문을 뚫은 것이다.

이제 남은 것은 신의 관문이라는 십성이었다.

이 관문만 뚫으면 하늘 아래 누구의 눈치도 볼 필요가 없는 대자유인의 경지에 도달하게 된다. 진정한 무신(武神)이 되는 것이다.

"대망이 기연을 가져다 준 듯하군요. 상서로운 징조입니다."

조금 전 벽사룡이 죽인 대망은 대망혈제회의 회기(會旗), 즉 대망혈기(大蟒血旗)에 수놓인 전설 속 마수였다. 대망이 대망혈제회에 기연을 가져다 줬다? 그래서 상서로운 징조다?

정말 그런 것일까?

우연의 일치라고 하기에는 너무나 공교롭지 않은가.

설혹 그것이 아니어도 상관없었다.

중요한 건 불과 일각도 안 되는 짧은 시간에 지난 십 년 동안 하지 못했던 일을 해냈다는 것이다. 장개산과 빙소소를 잡기 위해 들어온 이 지저빙호에서 뜻하지 않게 기연을 얻게 될 줄이야.

한편, 빙소소는 온몸의 털이 곤두서는 것 같았다. 백선검노
는 천하를 통틀어 적수가 열 명이 넘지 않을 거라고 했던 가
공할 무인, 그런 그조차 일흔이 넘어서야 겨우 월광을 보았다
고 했다. 백선류에 관한 한 벽사룡은 삼십 년 전의 백선검노
와 대등한 수준의 경지를 이루었다.

그게 끝이 아니다. 벽사룡은 육사부라 불리는 저 가공할 괴
물들의 절예까지 전수받았다.

들기로 육사부는 하나같이 일세를 떨어 울리던 대마두들,
불과 서른의 나이에 인간 같지 않은 자 일곱 명의 절예를 한
몸에 이었으니 장차 얼마나 더 높은 경지까지 나아갈지 짐작
조차 할 수 없었다.

어느 순간부터 벽사룡은 까마득히 높은 경지에 있는 거인
이 되어 버린 것 같았다.

그때 벽사룡이 후동관을 향해 돌아섰다. 이어 보폭 어깨너
비로 벌리고 검을 아래로 비스듬히 늘어뜨렸다. 그건 일종의
기수식이었다.

후동관의 눈동자에 기광이 맺혔다.

"검을 드십시오."

"천주……!"

"진정 제가 구성의 관문을 뚫었는지 확인하고 싶습니다."

"지금은……."

후동관의 말이 끝나기도 전에 벽사룡의 검이 쇄도했다. 대기가 찢겨져 나가는 파공성과 함께 백색의 섬광이 허공을 갈랐다.

하지만 후동관은 이미 그 자리에 없었다. 눈 깜짝할 사이에 일 장을 물러난 그는, 상체를 착 가라앉힌 채 벼락처럼 튀어나왔다. 그의 허리춤으로부터 뽑혀 나온 대감도가 빛살이 되어 벽사룡의 허리를 갈라갔다.

부악!

빛살은 벽사룡의 발아래로 아슬아슬하게 지나갔다. 벽사룡이 일말의 징후도 없이 선 자리에서 허공으로 도약한 것이다. 그사이 그의 검은 다시 한 번 후동관의 정수리로 떨어지고 있었다. 그야말로 섬광과도 같은 움직임.

후동관은 더욱 기민했다. 대감도가 바깥으로 흐르는 순간, 그는 바닥에 착 가라앉은 상태에서 이미 몸을 비틀어 뒤집고 있었다. 벽사룡의 검은 이번에도 후동관의 어깨를 아슬아슬하게 스쳤을 뿐이었다. 불과 일 척이 안 되는 높이에서 질풍처럼 회전하는 신기라니.

놀랄 사이도 없이 이번엔 후동관의 대감도가 갑자기 방향을 꺾어 기묘한 각도로 바닥에 떨어지는 벽사룡을 휘감아 갔다. 벽사룡은 검을 힘차게 바닥에 찍는 것으로 후동관의 대감도를 막아냈다.

꽝!

엄청난 충격파와 함께 바닥의 모래가 폭풍처럼 흩날렸다. 단순히 병기와 병기의 충돌이 아닌 진기의 격돌이었기 때문이다.

각각 두 번씩의 공방을 주고받는 상황에서도 한 번도 부딪히지 않은 두 사람은 세 번째에 이르러서야 비로소 병기를 격돌시킨 후 싸움을 멈췄다. 여전히 검을 꼬나쥐고 대치한 상황에서 숨 막힐 듯 팽팽한 긴장감이 흘렀다.

하지만 전신에서 흐르는 기도는 사뭇 달랐다.

벽사룡은 검을 아래로 늘어뜨린 상태에서 태산처럼 꼿꼿하게 서 있는 반면, 후동관은 공격에 언제라도 반응할 수 있도록 다리를 벌리고 상체까지 약간 숙인 상태였다. 두 주먹에 불끈 쥐어진 그의 대감도는 조금 전 있었던 격돌의 여파로 말미암아 아직도 징징 울어댔다.

후동관의 눈동자에 맺힌 기광이 더욱 짙어졌다.

스승과 사부가 대련을 하는 것은 이상한 일이 아니다. 하지만 지금은 장소도 적절치 않은 데다 조금 전 벽사룡이 펼친 두 개의 초식에 담긴 진기는 대련의 수준이 아니었다. 벽사룡은 진짜 싸움을 하고 있었다.

"항상 그게 궁금했습니다. 내가 과연 사부님들을 넘어설 수 있을 것인가. 만약 그렇다면 그때가 언제일 것인가. 제 생각엔 오늘인 것 같습니다만 삼사께선 어떻게 생각하시는지……?'

"호랑이 새끼인 줄은 알았지만, 이토록 빨리 이빨을 드러낼 줄은 몰랐구나. 더구나 그 이빨이 나를 향할 줄은…….'

"삼사께선 이곳으로 오시지 말았어야 했습니다.'

'네 어머니의 뜻이었다.'

'알고 있습니다.'

'저 아이가 그렇게 마음에 들었더냐? 사부를 베고서라도 가지고 싶을 만큼?'

'계집 때문이 아닙니다. 내 것을 빼앗으려 했기 때문이지요. 그건 사부라고 해도 용납할 수 없습니다.'

'동마분시(彤魔分屍)는 삼 척 이상 도약하면 안 된다. 체공의 순간이 길어지면 상대의 병기가 반드시 전권을 뚫고 들어오기 때문이다.'

동마분시는 후동관의 절기 마염인(魔染刃)의 절초로 조금 전 벽사룡이 펼친 한 수였다. 후동관은 생사결을 치르는 이 순간에도 벽사룡의 동작에서 잘못된 점을 바로잡아 주었다.

'명심하지요.'

파앙!

벽사룡이 신형을 쏘았다.

또다시 격돌이 시작되었다. 출수와 동시에 시작된 백광이 벼락처럼 후동관을 엄습해 갔다. 후동관은 사력을 다해 벽사룡의 장검을 바깥으로 후려쳤다.

쾅!

대기가 진동하는 굉음과 함께 벽사룡의 검이 바깥으로 튕겨져 나갔다. 그 순간, 후동관은 질풍처럼 돌아서며 대감도를 휘둘렀다. 대감도에서 뽑혀 나온 도기가 원을 그리며 유성처럼 흘렀다. 그 궤적에 벽사룡의 목이 있었다.

마염인의 일초 산류참산(山溜斬山)이다.

벽사룡에겐 너무나 익숙한 한 수, 하지만 평생을 수련한 사람의 칼끝에서 펼쳐지는 산류참산은 이미 초식이 지닌 한계를 벗어났다.

벽사룡은 맞서지 않고 산류참산의 도기가 만들어내는 경기를 타고 넘었다. 그의 몸이 그대로 옆으로 꺾이며 짧게 도약했다.

조금 전 후동관이 지적한 바로 그 초식 동마분시였다. 다른 것이 있다면 가르침에서 벗어나 거꾸로 펼쳤다는 정도, 그리고 체공의 시간이 더욱 길어졌다는 정도?

후동관의 눈이 튀어나올 듯 커졌다.

전권을 파고들 수가 없었다. 놈이, 칼이 베어야 할 대상이 이미 그곳에 없었기 때문이다. 순간, 벽사룡의 신형이 한줄기 바람으로 변하는가 싶더니 화끈한 불맛이 옆구리에서 느껴졌다.

입이 턱 벌어지며 허리가 꺾였다.

그때쯤엔 봉전의 불빛이 모두 꺼지고 단 하나만 남은 상태였다. 어슴푸레한 어둠 속에서 보광을 뿌리는 검 한 자루가 그의 옆구리를 관통하고 있었다. 검의 주인은 당연하게도 벽사룡이었다.

무얼 어떻게 해볼 틈도 없이 일어난 돌발 상황.

마염인은 벽사룡의 손에서 재탄생했다.

그건 후동관이 미처 가보지 못한 세계였다.

인정할 수밖에 없었다.

벽사룡은 자신을 넘어 이미 그만의 길을 가고 있었다.

"훌륭했다."

"그동안 감사했습니다."

"그만… 보내다오."

벽사룡은 그때까지 박혀 있던 검을 힘차게 뽑았다. 건장한 체구의 후동관이 썩은 고목처럼 쓰러졌다. 천하를 떨어 울리던 그도 쓰러질 때는 한낱 범부와 다를 바가 없었다. 죽어가는 자가 지나온 삶을 반추하는 생의 마지막 불꽃이 불타오르길 잠시, 후동관은 끝내 숨을 거두었다.

한 자루 대감도로 대륙을 떨어 울리던 적안살성 후동관은 자신이 심혈을 기울여 키운 제자의 검에 찔려 그렇게 허무하게 죽어 버렸다.

빙소소는 놀라움을 금치 못했다.

후동관은 대망혈제회의 장로이기도 했지만, 사사로이는 사부가 아닌가. 한데 벽사룡은 그 사부를 베었다. 이는 사마외도를 막론하고 무림인이라면 누구나 치를 떠는 패륜이었다.

벽사룡은 검을 바깥으로 휘둘러 피를 털어 낸 후 요대 사이에 찔러 넣었다. 이어 당혹스런 표정을 감추지 못하는 빙소소에게 다가갔다. 마혈을 짚어 옴짝달싹할 수 없었던 빙소소는 벽사룡이 다가오는 걸 지켜보아야만 했다.

잠시 후 벽사룡은 걸음을 멈추더니 그 어느 때보다 차가운 얼굴로 빙소소를 노려보았다. 그의 두 눈에서 뿜어져 나온 한기에 공기가 쩌정쩡 얼어붙는 것 같았다.

"일각이 지나면 마혈이 저절로 풀릴 것이다."

"……?"

"저런 덩치를 지닌 짐승이 살던 호수라면 먹을 것 또한 충분할 터, 복수하고 싶다면 악착같이 살아남아라."

"……?"

"삼사는 내 어머니께서 너를 죽이기 위해 보낸 사자다. 어머니께서는 한 점의 의혹도 용납하지 않는 분, 내가 무슨 말을 하든 반드시 사람을 보내 너의 주검을 확인하려 들 것이다. 명심해라. 이곳을 나와 세상에 발을 들여놓는 순간 너는 쥐도 새도 모르게 죽는다."

빙소소는 눈매를 좁혔다.

어떤 복잡한 사정이 있는지 모르지만, 청화부인이 자신을 죽이려는 이유는 알 것 같았다. 장차 대망혈제회를 이끌고 천하를 정복할 아들이 여자에게 빠져 있는 걸 두고 볼 수 없었던 것이다.

"왜 나를 살려두는 거지?"

"일 년 후 다시 오겠다. 수단과 방법을 가리지 말고 살아남아 내게 복수할 길을 찾아라. 기회는 단 한 번, 그때도 나를 죽이지 못하면 너는 영혼까지도 내게 바쳐야 할 것이다."

일 년, 벽사룡은 그가 천하를 손에 넣는 데 일 년의 시간이 걸릴 거라고 생각하는 것 같았다. 불가능한 일이 아니었다. 저들이 그 옛날 상계를 움직여 무림을 좌지우지하던 금화선부를 장악한 데다 그곳에 집결한 이천의 병력이 전부가 아니고 보면 시간은 더 짧을 수도 있었다.

게다가 북검맹을 비롯한 백도무림의 방파들은 저들의 힘에 대해 아직 파악조차 못하고 있지 않은가.

말이 끝나기 무섭게 벽사룡은 석벽 아래의 구석진 곳에서 쓰러져 신음하고 있는 혈두타에게로 다가갔다. 이어 혈두타를 번쩍 들어 오른쪽 옆구리에 끼고는 신형을 쏘았다.

호수 위에 떠 있는 대망의 몸통을 단 한 번 밟아 도약하는 것으로 무려 이십여 장을 날아간 그는 눈 깜짝할 사이에 동혈 속으로 사라져 버렸다. 잠시 후, 꽝음과 함께 공동 전체가 지진이라도 난 것처럼 진동하더니 동혈이 통째로 무너져 내렸다.

빙소소가 빠져나오지 못하도록 장력을 출수한 것이다. 붕괴는 동혈의 입구에만 머물지 않았는지 한참이나 진동이 이어졌다. 이윽고 진동이 가라앉고 호수의 물결마저 잠잠해지자 무너진 돌덩어리들 사이로 또다시 세찬 물줄기가 뿜어져 나왔다.

그 순간 마지막으로 남아 있던 봉전의 불빛이 꺼졌다.

빙소소는 거대한 지저동굴 속에 갇혀 버렸다.

죽은 자들의 피 냄새와 대망의 사체로부터 뿜어져 나오는 지독한 비린내가 자욱한 가운데 빙소소는 홀로 앉아 있었다.

들리는 것이라곤 이제는 막혀 버린 동혈에서 뿜어져 나오는 폭포 소리와 그 폭포가 만들어 내는 파장이 호수를 가로질러 와 모래톱에 스며드는 소리뿐이었다.

여긴 지상에서 얼마나 깊은 곳일까?

완벽한 적막감이란 이런 것인가 보다.

나갈 수도 없고, 누군가와 얘기를 할 수도 없고. 벽사룡이 다시 돌아올 때까지 이 깊은 지저의 호수에서 죽은 자들과 함께 살아야 한다는 사실이 무서웠다.

그리고 느껴지는 이 지독한 한기. 빙호는 그 자체로 거대한 얼음 덩어리나 마찬가지였다.

통운각의 무사들과 싸울 때는 몰랐는데 모든 것이 잠잠해진 지금에 이르러서는 말할 수 없는 한기가 옷자락 사이를 파고들었다. 벽사룡이 나가고 아주 잠깐의 시간이 흘렀을 뿐인데도 오한이 들며 이가 딱딱 부딪히기 시작할 정도였다.

방법을 찾지 못하면 일 년은커녕 한 시진도 견디지 못하리라. 하지만 아무것도 하고 싶지 않았다. 자신이 이럴진대 깊이를 알 수 없는 저 깊은 빙호 속으로 가라앉은 장개산을 지금쯤 얼마나 춥고 무서울까?

그는 지금 어디쯤 가고 있을까?

이강에서 처음 그를 만났을 때가 생각났다.

뱃삯을 대신 내주겠다는 말에 산에서 금방 내려온 듯한 거대한 체구의 그는 이렇게 말했었다.

"소저가 내 뱃삯을 대신 내주겠다고 했소이까?"

빙소소는 그렇다고 했고, 그는 또다시 이유를 물었다.

당신에게는 배를 타야 할 절박한 이유가 있는 것 같고, 내게 이백 냥은 그리 큰돈이 아니기 때문이라며 무슨 문제라도 있냐고 되묻자 그는 마치 철없는 부잣집 아가씨를 보는 듯한 눈빛으로 이렇게 말했다.

"호의는 고맙지만 사양하겠소."

공짜로 주겠다는 게 아니다. 내가 배에서 눈을 붙이거나 쉬는 동안 포로를 감시해 주면 그 대가로 뱃삯을 주겠다라고 했지만 그는 이번에도 거절했다.

빙소소는 살짝 짜증이 났다.

용모를 앞세워 세상을 산 적 없지만, 그동안 만난 사내들은 모두 어떻게 하면 자신에게 호의를 베풀 기회를 만들어볼까 하며 눈치를 살피기 바빴다. 한데 눈앞의 사내는 먼저 기회를 주겠다고 하는데도 일언지하에 거절했다. 왜냐고 묻는 말에 그는 당당하게 대답했다.

"나는 소저를 알지 못하오. 또한 소저에게 끌려가는 저 사내도 알지 못하오. 저 사내가 만약 억울하게 끌려가는 중이라면, 나는 옳지 않은 일에 한 팔을 거드는 셈이 되지 않겠소?"

왜 그런 생각이 들었는지 모르겠다.

그 순간, 빙소소는 이 사내는 믿을 수 있는 사람이라고 판단했다. 그리고 그와 꼭 함께 가고 싶었다. 아마도 그때부터였을 것이다. 평생을 산중에서만 살다 이제 막 세상 밖으로 나온 천둥벌거숭이 같은 그가, 그의 당당함이 언젠가 자신의 가슴을 물들일지도 모른다는 생각을 한 것은.

나중에 안 일이지만 그는 사문의 오랜 전통에 따라 천일유수행을 하는 중이라고 했다. 천일동안 강호를 떠돌며 세상을 배우는 중이라고.

하지만 그는 불과 삼백 일을 넘기지 못하고 죽어 버렸다. 그의 나이 이제 이십대 초반, 천일유수행뿐만 아니라 그의 인생도 너무나 짧았다. 따지고 보면 빙소소는 무인으로서의 그의 시작과 끝을 함께한 셈이다.

호수에 일렁이는 천장이 그림자가 마치 그가 손짓으로 마지막 인사를 해주는 것 같았다.

호수의 물그림자가 보인다고?

빙소소는 무언가 이상하다는 생각이 들었다.

처음 이 거대한 빙호를 발견했을 때 그녀는 아무것도 보지 못했다. 한걸음 앞의 낭떠러지도 분간할 수 없을 만큼 칠흑 같은 어둠뿐. 한데 지금은 희미하게나마 호수의 형체가 보이고 있었다. 마치 새벽 동이 터 오르기 직전 천지에 가득한 암록의 기운처럼. 무엇보다 수면 위에 희미하게 일렁이는 저 천장의 그림자들.

그림자는 반드시 빛이 있어야만 존재할 수 있다.

'봉전의 불빛들이 모두 꺼진 지가 언제인데…….'

무심코 좌우를 둘러보던 빙소소는 희미하게 새어나오는 빛의 진원지를 발견했다. 그건 죽은 대망의 몸통, 뱀에게도 가슴이라고 하는 부위가 있는지 모르지만, 인간으로 치자면 심장이 위치할 만한 즈음에서 호박꽃 속에 갇힌 반딧불이의 그것처럼 희끄무레한 빛이 흘러나오고 있었다.

두려움을 느낀 빙소소는 몸을 움직여 보았다. 벽사룡의 말대로 점혈이 모두 풀려 움직이는 데 아무런 제약이 없었다. 한참 바닥을 더듬다 보니 아까 놓친 비수가 잡혔다. 빙소소는 얼른 집어 들고 얼어붙은 대망에게로 다가갔다.

빛으로 짐작되는 그것은 대망과 놈이 깔고 앉은 바닥 사이로부터 흘러나오고 있었다. 오로지 완력만으로 대망을 들어 올리기에는 너무나 지쳤다.

빙소소는 먼저 바닥을 굴러다니는 종유석의 잔해에서 큼

직한 돌덩이를 하나 주워 아래에 받치고는 후동관의 대감도를 마저 찾아 종유석과 대망 사이에 끼워 넣고 지렛대를 만들었다.

검을 힘차게 밟아 꺾는 순간 대망의 몸통이 살짝 들리며 조금 더 밝은 빛이 모습을 드러냈다. 그건 대망의 몸속으로부터 가죽을 투과해 흘러나오고 있었다. 아무래도 대망의 몸속에 빛을 발하는 정체불명의 덩어리가 있는 모양이었다.

한데 그 부위의 비늘 하나가 유독 컸다.

게다가 다른 것들은 죄다 꼬리 쪽을 향해 물 흐르듯 뻗어 있었는데 반해 그것은 흐름을 거슬러 반대 방향으로 나 있었다.

"역린(逆鱗)!"

들어본 적이 있다.

용의 가슴에는 거꾸로 난 비늘이 있는데, 그것을 건드리면 용이 불같이 화를 내며 건드린 사람을 죽여 버린다고. 역린은 용의 유일한 급소였다.

말로만 듣던 대망이 존재하는 것도 신기한 일인데 역린까지 있을 줄이야. 만약 벽사룡이 이 역린을 발견했다면 보다 빨리 대망을 쓰러뜨릴 수 있었으리라. 한데 왜 벽사룡과 싸울 때는 이 빛이 보이지 않았던 걸까?

빙소소는 대감도를 밟아 대망을 살짝 들린 상태로 유지

하는 한편, 두 손으로는 품속의 비수를 다시 꺼내 역린 사이를 찔렀다. 벽사룡이 그렇게 검을 휘둘렀어도 겨우 생채기만 입혔을 뿐인데, 역린 아래를 찌르자 놀랍게도 푹 들어갔다.

빙소소는 손바닥만 한 역린을 모양따라 잘라낸 후 단단한 가죽을 찢었다. 순간, 사위가 밝아지면서 선명하고 밝은 빛을 뿜어내는 발광채가 보였다. 겁도 없이 잘려진 가죽 사이로 손을 넣어 발광채를 집었다.

"앗, 뜨거!"

흡사 시뻘겋게 달군 쇳덩어리를 집은 듯한 고통. 빙소소는 반사적으로 손을 뺐다. 잠시 안도의 한숨을 쉰 빙소소는 비수를 쑤셔대며 발광채를 끄집어내려 했다. 한데 발광채는 한 개가 아니었다. 한참을 씨름한 끝에 모두를 끄집어내는 데 성공했다.

호숫가 얕은 물에 풍덩 풍덩 빠지는 그것은 찬란한 빛을 발하는 새알만 한 크기의 구슬 아홉 개였다. 무슨 조화인지 구슬 주변의 물이 부글부글 끓어올랐다.

"내단(內丹)……!"

언젠가 백건악이 말했었다.

인간의 눈에는 이적처럼 보이는 것일지라도 그 속엔 반드시 대자연의 위대한 질서와 법칙이 숨어 있다고.

이유를 알 수는 없지만 세상에는 지기가 뭉친 지형이 곳곳에 존재하고, 그 속에서 사는 생물들 중 일부가 본래의 종족이 가진 한계를 넘어서까지 사는 경우가 있다고도 했다. 흔히 말하는 영초니 영물이니 하는 것들이 그런 것이라며.

이곳 창산은 예로부터 영초가 많이 나기로 유명했고, 그 덕분에 고대로부터 약초꾼들을 끊임없이 불러들였다. 지가가 뭉친 창산은 대망이라는 영물을 키워냈고, 대망은 또다시 그 뱃속에서 기운의 집적체인 내단을 만들어 낸 모양이었다.

"한데 왜 아홉 개일까?"

영물은 드물지만 아주 없는 것은 아니어서 이따금 백 년 묵은 화리(火鯉)나 백왕사(白王蛇)를 발견한 사람이 있다더라는 말이 무림에 나돌기도 했다. 그럴 때마다 따라붙는 것이 내단에 관한 것이다.

내단을 복용하고 일갑자의 내공을 얻었다더라, 혹은 죽을 병이 나았다더라 하는 이야기들 말이다. 하지만 여러 개의 내단이 나왔다는 말은 한 번도 들어보지 못했다.

그때 문득 언젠가 지나가는 말로 백건악이 했던 이야기가 떠올랐다.

"모든 살아 있는 것들은 영험해서 시간의 흔적을 몸에 남기지. 나무에 생기는 목리(木理:나이테)가 그렇고, 잘려 나간 절벽에 새겨진 퇴적 문양이 그렇지. 그리고 보지는 못했지만 용의 뱃속에는 일백 년에 하나씩 내단이 생긴다고 하더군."

이무기의 뱃속에서 나온 내단이 아홉 개니, 백건악의 말대로라면 놈은 무려 구백 년을 살았다는 말이 된다.

도저히 믿을 수 없는 얘기였지만, 전혀 근거가 없는 얘기도 아니었다. 이 정도의 체구까지 커지려면 족히 몇 백 년은 살았을 것이고, 거기에 몇 백 년만 더 살면 구백 년이 된다. 저 대망이 그토록 장대한 세월을 살아온 존재라고 생각하니 저도 모르게 숙연해졌다.

지독한 한기를 뿜어내는 빙호에 살면서도 피가 얼어붙지 않고 살 수 있었던 건 바로 이 뜨거운 내단 덕분이리라.

기운은 곧 진기다.

구백 년을 살았을지도 모를 대망의 몸에서 만들어진 내단은 무림인에게 만금을 주고도 구할 수 없는 영약이었다. 저 강렬한 화기를 견딜 수만 있다면 대망이 살아온 세월만큼의 내공을 얻게 되리라. 화기를 견딜 수만 있다면 말이다.

벽사룡은 눈앞에서 엄청난 기연을 놓치고 말았다. 지금도 감히 맞설 수 있는 자를 꼽기가 어려울 정도로 강한데 내단까지 복용했다면 어떤 괴물이 탄생했을지 짐작조차 할 수 없다.

빙소소는 안도의 한숨을 쉬었다. 벽사룡에게는 안타까운 일이지만 백도무림인들에게는 그야말로 천운이라 하지 않을 수 없었다.

빙소소는 대망의 송곳니에 걸린 장개산의 가죽옷 조각을 뜯어낸 다음 내단 아홉 개를 조심스럽게 감싸 쥐었다.

물을 부글부글 끓게 만들 정도로 뜨거운 내단이었지만 신기하게도 가죽을 태우지는 않았다. 내단에서 뿜어져 나오는 열기가 기운의 응축으로 말미암은 것일 뿐, 진짜 불꽃은 아니었기 때문이다.

캄캄하던 주변이 갑자기 환해졌다.

앞서 봉전 하나를 밝혔을 때와도 비슷한 밝기였다. 천만다행이었다. 적어도 어둠 속에서 지내지 않아도 되지 않은가.

그 순간, 빙소소의 머릿속에 또 다른 생각이 바람처럼 스치고 지나갔다. 아까는 사방이 온통 캄캄했기에 엄두를 못 냈지만 불빛이 있다면 사체일망정 빙호 바닥에 가라앉은 장개산을 끌어낼 수 있지 않겠는가.

어차피 죽으면 썩어 없어질 몸이었지만, 그를 차갑고 어두운 저 빙호의 깊은 바닥에 홀로 남겨두고 싶지 않았다. 빙소소는 가죽을 가늘고 길게 잘라 끈을 만든 다음 작은 그물주머니처럼 엮어 내단을 아홉 개를 고정했다. 그러곤 빙호 속으로 주저없이 뛰어들었다.

순간 느껴지는 지독한 냉기.

다시 보아도 물이 가질 수 있는 차가움의 한계를 넘어선 냉기였다. 더불어 차갑다는 말로 설명할 수 있는 한계를 넘어선 고통이었다. 핏줄을 타고 전해지는 냉기가 온몸을 쩌저적 얼려 버리는 것 같았다.

빙소소는 어금니를 꽉 깨물고 점점 더 깊은 물속으로 잠영해 들어갔다. 대망이 잡아먹고 사는 또 다른 생물들이 있을 거라는 벽사룡의 말은 옳았다.

사위가 어두웠던 탓인지, 호수 밖에 있을 때는 몰랐는데 일단 물속으로 들어오자 별천지가 펼쳐졌다. 저 깊은 곳에서는 여전히 끝을 알 수 없는 미지의 어둠이 웅크리고 있었지만 내단의 빛이 미치는 십여 장 내에는 기이한 생명체들이 나타났다가 사라지기를 반복했다.

어떤 것들은 새우의 형태를 띠고 있었고, 어떤 것들은 장어를 닮았다. 공통점이라면 하나같이 눈이 없거나 흔적만 남은 상태라는 것이었다.

그중에서도 가장 많은 건 떼를 지어 다니는 새끼손가락만한 크기의 물고기들이었다. 생긴 건 바깥세상에서 보던 여타의 물고기와 크게 다를 바가 없었다. 눈 또한 빙호의 다른 생명체들과 달리 선명하게 튀어나와 있었다. 다른 것이 한 가지 있다면 그건 뼈가 훤히 보일 정도로 투명한 몸통이었다.

몸의 형태를 유지하게 해주는 가느다란 뼈가 없었다면 저 것이 물고기인 줄도 몰랐으리라. 덕분에 주변엔 마치 수백 개의 유령 물고기 유영하는 듯했다.

내단에서 흘러나오는 빛 때문일까?

뼈물고기들은 삽시간에 수백 마리가 몰려들어 빙소소의 주변을 맴돌았다. 그 빛에 반사된 물고기들의 살과 뼈가 반짝반짝 빛나면서 주변이 온통 몽환적인 공간으로 만들어졌다.

빙소소는 더 깊은 바닥으로 헤엄쳐 내려갔다.

냉기가 뼛속까지 스며들고 가슴이 터질 것처럼 아파왔지만 어금니를 꽉 깨물고 참았다. 빙호의 깊이가 얼마나 될지 모르나 저 차갑고 어두운 심연에 한시라도 장개산을 홀로 놓아두고 싶지 않았다.

그러나 생각과는 달리 다리의 감각이 점점 둔해졌다. 그러다 잠시 후엔 말을 듣지 않았다. 심장에서 먼 부위부터 천천히 얼어붙고 있는 것이다.

동상이 걸리기 직전의 징후, 지금은 다리만 굳었지만 더 지체했다간 심장까지 멈출 것이다. 바닥으로 내려가는 시간만큼 다시 올라와야 한다. 그 시간을 몸이 견뎌낼 수 있을까?

어떻게 되든 상관없었다.

그때 마침내 바닥이 모습을 드러냈다.

이 깊은 땅속 어디에서 흘러왔는지 모를 하얀 모래가 깔려 있는 가운데 그는 홀로 부유하고 있었다. 풀어 헤쳐진 머리카락과 얼마 남지 않은 옷자락이 미세하게 흐르는 물살을 따라 출렁거렸다.

내단을 얼굴 가까이 가져가자 생전의 강인하던 표정이 그대로 드러났다. 가볍게 감은 눈에 오뚝한 콧날, 굳게 다문 입술, 그는 마치 살아 있는 것처럼 생생했다. 그리고 편안해 보였다.

빙소소는 한순간 이대로 돌아갈까 생각했다.

저토록 편안한 모습의 그를 물 밖으로 끌고나가는 것은 오히려 영면(永眠)을 방해하는 것이 아닐까? 그 순간, 빙소소는 자신의 두 다리가 더는 말을 듣지 않는다는 것을 깨달았다.

손에 들고 있던 내단도 뚝 떨어져 장개산의 옆 모래바닥에 자리를 잡았다. 숨이 턱 막히며 폐가 이대로 터져 버릴 것 같았다. 체온도, 호흡도 한계에 다다른 것이다.

'틀렸어.'

빙소소는 제 의지와는 상관없이 천천히 가라앉아 그의 곁에 나란히 누웠다.

맑은 물 사이로 투명한 뼈물고기들이 영롱한 빛을 발하며 유영하는 것이 보였다. 그 모습이 흡사 수많은 물고기의 영혼들이 떠다니는 것 같았다. 그녀의 의식도 영혼들을 따라 조금씩 멀어지기 시작했다.

*　　*　　*

그것은 공(空)의 세계였다.

바닥도 천장도, 심지어 허공이라는 것도 존재하지 않았다.

아무것도 보이지도, 느껴지지도 않는 완벽한 진공의 상태에서 거대한 무엇인가가 자신을 내려다보고 있었다.

사자와 같은 붉은 갈기머리에 태양처럼 이글거리는 두 눈, 삼 장이 넘는 거대한 키에 더할 수 없이 부풀은 근육은 무엇이든 찢어발겨 버릴 듯한 괴수의 모습이었다.

한데도 전혀 두렵지가 않았다.

오히려 친근하게까지 느껴졌다.

[여긴 어디지?]

장개산이 물었다.

하지만 목소리는 나오지 않고 단지 머릿속에서 생각으로

만 울렸다. 순간, 마치 공명하기라도 하듯 괴수의 대답이 들려왔다.

[이곳은 존재하지 않는 것들의 세계다.]

[존재하지 않는 것들의 세계? 그게 뭐지?]

[존재하지 않음으로써 비로소 영원히 존재하는 세계다.]

[내가 왜 이곳에 있는 거지?]

[너는 이제 더 이상 존재하지 않으니까.]

[무슨 말인가?]

[너는 죽었다.]

장개산은 자신을 굽어보았다.

분명 몸이 있었고, 사지가 붙어 있었다.

이렇듯 선명하게 존재하는데 어찌하여 죽었단 말인가.

어찌하여 존재하지 않는단 말인가.

다시 고개를 들고 물었다.

[너는 누구인가?]

[나는 너다.]

[네가 나라면 어떻게 나와 대화를 할 수 있는 거지?]

[네가 나를 불러냈으니까.]

[대체 무슨 말을 하고 있는 거야!]

[나는 항상 너와 함께해 왔다. 기억할 텐데.]

[……!]

장개산은 비로소 깊은 곳에 숨어 있던 자신의 내면과 마주하고 있다는 걸 깨달았다. 이곳은 의식의 세계, 곧 자신의 내면이었다.

　[내가 죽었다면 어째서 네가 존재할 수 있는 거지? 어째서 내가 너를 마주할 수 있는 거지?]

　[너의 의식이 아직 소멸되지 않았으니까.]

　[난 죽고 싶지 않아. 돌아가는 길을 가르쳐 줘.]

　[난 네가 우주의 한 줌 기운이었을 때부터 존재해 온 사념체(思念體), 그 무엇도 위대한 힘의 법칙을 거스를 순 없다.]

　[그럴 순 없어. 난 반드시 돌아가야 해.]

　[무엇이 너로 하여금 그렇게 집착하게 만드는 건가?]

　여태 대답만 하던 괴수가 처음으로 한 질문이었다. 저 괴수가 자신이라면 내가 나에게 하는 질문이기도 했다. 장개산은 대답을 하지 못했다.

　그때 밝은 빛 하나가 허공 높은 곳에서 천천히 유영하며 내려왔다. 마치 어린 별 같은 그 빛 주변으로 생명을 가진 또 다른 작은 빛들이 춤추듯 날아다녔다. 빛 무리 사이로 사람의 형체가 어렴풋이 보이는 듯했다. 빛과 사람의 형체는 머리 위에서 멈춰 서더니 장개산의 얼굴을 한참이나 바라보았다.

　저것 또한 나의 또 다른 사념체일까?

그때 빛이 툭 떨어졌다.

사람의 형체도 거짓말처럼 사라져 버렸다.

순간, 장개산은 그 형체가 누구인지를 알아차렸다.

[안 돼!]

[소용없어. 그녀는 이미 죽었다.]

[안 돼! 다시는, 다시는 놓치지 않을 거야! 나를 죽게 만드는 힘은 무엇인가? 무엇이 내 존재를 지우는 거지? 그걸 찾아 없애 버리겠어!]

[위대한 힘의 법칙을 거스를 수 있는 자는 존재하지 않는다. 너는 보잘것없는 피조물, 모든 것은 처음부터 정해진 대로 흘러갈 뿐이다. 이제 그만 소멸하라, 나의 오랜 친구여.]

[닥쳐!]

장개산은 괴수를 향해 주먹을 내질렀다.

쫭!

벼락같은 굉음과 함께 괴수가 한줌 연기로 흩어져 버렸다.

순간, 주변을 둘러싸고 있던 공(空)의 경계가 허물어지며 실재하는 세계로 변하기 시작했다.

주위를 둘러싼 세계가 바뀌고 난 후 가장 먼저 느낀 감각은 뼛골을 얼려 버릴 정도로 지독한 한기였다. 그리고 이어지는 지독한 숨 막힘.

장개산은 번쩍 눈을 떴다. 그는 한 손으로 쓰러진 빙소소의 허리를 휘어 감고, 다른 한 손으로는 그녀가 놓친 정체불명의 빛 덩어리를 집어 든 다음 심연의 바닥을 힘차게 박찼다. 엄청난 소용돌이와 함께 한줄기 섬광이 물살을 가르며 솟구쳤다.

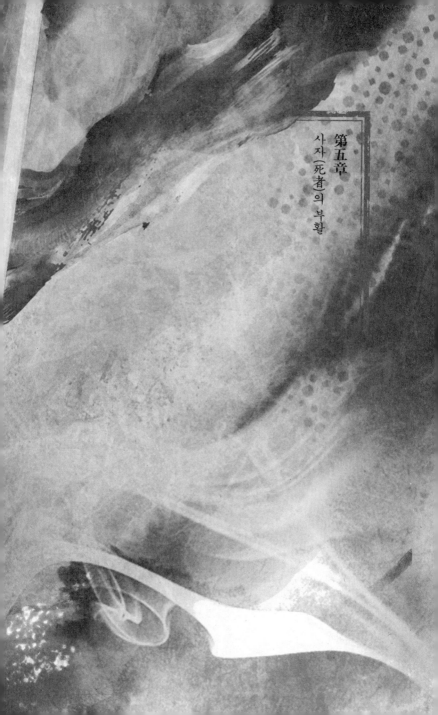

第五章

사자(死者)의 부활

벽사룡이 돌아온 것은 해가 뉘엿뉘엿 지기 시작할 무렵이었다. 통운각의 무사 삼십여 명을 이끌고 장개산과 빙소소를 추격했던 그는 겨우 혈두타 한 명만을 대동한 채 귀환했다. 그나마 혈두타는 허리가 부러지고 내장이 파열되는 중상까지 입은 상태였다.

벽사룡은 수뇌부가 지켜보는 앞에서 청화부인에게 손바닥만 한 크기의 무언가를 내밀었다. 청화부인은 이게 무엇이냐고 물었고, 벽사룡은 대망(大蟒)의 비늘이라고 했다. 동시에 장개산을 추격해 들어간 창산 아래의 지저빙호에서 있었던 일들을 소상히 말했다.

단 세 가지, 대망이 통운각의 무사들을 모조리 죽여 버렸으며 그런 대망을 자신이, 나중에는 삼사까지 죽였다는 사실만 빼고.

각종 영약에 정통한 노강호들이 급히 불려와 반 시진 동안이나 비늘을 살폈다. 모두가 동일한 의견을 내 놓았다. 이건 분명히 살아 있는 생명체의 비늘이라고. 굳이 추정을 하자면 거대한 뱀의 비늘인 것 같다고.

사람들은 충격을 금치 못했다.

육사부를 비롯해 가인옥에 모인 수뇌부는 하나같이 짧게는 오십 년, 길게는 팔십여 년 가까이 강호를 주유한 사람들이었다. 그 긴 세월 동안 진귀하고 기이한 것들을 얼마나 보고 들었을 것인가.

하지만 맹세코 살아 있는 대망의 비늘을 본 사람은 없었다. 용이니 이무기니 하는 것들이 산다고 해서 가보면 못이나 폭포에 깃든 전설에 불과했다.

한데 그 대망이 실제로 존재했을 줄이야.

"장개산과 포검문의 계집은?"

청화부인이 물었다.

그녀는 빙소소라는 이름을 일부러 언급하지 않았다. 벽사룡에게 그녀의 존재가 이름을 언급할 필요조차 없을 만큼 하찮은 것임을 사람들에게 암시하기 위해서였다.

"죽었습니다."

"직접 손을 썼더냐?"

"장개산은 대망에게 잡혀 먹었고, 계집은 제 손으로 동굴을 무너뜨려 매장시켰습니다."

정확하게는 그녀가 나오지도, 다른 사람이 들어가지도 못하도록 가둬 놓은 상태이지만 벽사룡은 매장이라는 말로 모든 걸 설명해 버렸다. 자신이 돌아가 꺼내주지 않는 한 절대로 살아서 나오지 못할 테니 아주 틀린 말도 아니었다.

다음 날 아침, 청화부인은 금화선부에 집결한 일만 회도가 지켜보는 앞에서 벽사룡이 마침내 장개산과 함께 도주한 빙소소의 숨통을 끊어놓았으며, 그들을 추격해 들어간 창산의 지저빙호에서 대망을 만난 사실 등을 공표했다.

그 증거로 벽사룡이 가져온 대망의 비늘을 공개토록 했다. 대망의 비늘은 누구라도 보고 만질 수 있도록 대전 한가운데 진열되었다.

사람들은 벽사룡이 대망을 만났다는 사실을 상서로운 징조로 받아들였다. 대망은 대망혈제회를 상징하는 신수, 그런 대망이 벽사룡의 앞에 나타나 비늘 한 점을 남기고 사라졌다는 것은 예삿일이 아니었다.

벽사룡은 더욱 성스러운 존재가 되었고, 사람들은 그가 오래전부터 정해진 운명대로 자신들을 이끌 구원자임을 확신했다. 그리고 한나절이 지난 지금 벽사룡을 신으로 만들기 위한 의식이 거행되고 있었다.

철문이 굳게 닫힌 동혈의 이름은 선인동(仙人洞), 한때 이곳에서 정체 모를 도사가 오랜 참선 끝에 우화등선을 했다고 해서 붙여진 이름이었다. 하지만 지금은 육신을 벗어나지 못한 혼령으로 가득한 절대사지였다.

그곳에 벽사룡이 홀로 들어가 있었다.

예정대로라면 벽사룡은 정확히 하루가 지난 후 스스로 저 철문을 부수고 나올 것이다. 대법이 성공한다면 그는 고금을 통틀어 적수를 찾아볼 수 없는 유일무이한 존재가 된다. 그리고 대망혈제회의 새로운 회주가 되어 무림일통을 위한 대대적인 전쟁을 벌일 것이다.

이 역사적인 광경을 지켜보기 위해 일만의 회도들은 초저녁부터 선인동 앞에 모여 들었다. 그러나 선인동 근처로 다가갈 생각은 못했다. 도검으로 무장한 일백여 명의 고수가 철통같이 지키고 섰기 때문이다.

그들이 아니었어도 감히 선인동으로 접근할 만한 간담을 지닌 사람은 없었다. 청화부인을 비롯해 대망혈제회의 모든 수뇌부가 지켜보는 앞에서 누가 감히 경거망동을 할 수 있을 것인가.

"알아보셨습니까?"

차양이 넓게 펼쳐진 귀빈석의 한쪽, 은하검객 마중영이 신검차랑 육심문에게 나직한 음성으로 물었다. 육심문은 잠시 주변을 둘러보고 근처에 아무도 없음을 확인한 후 역시나 나직한 음성으로 말했다.

"그렇습니다."

"뭐라고 하던가요?"

"그것이 얘기가 조금 다릅니다."

전날 밤늦도록 수뇌부 회동이 있고 난 후 벽사룡은 가인옥에서 은밀히 청화부인과 다섯 명의 사부만을 위한 또 다른 회동을 만들었다. 그리고 다른 수뇌부가 있던 자리에서는 밝히지 않았던 몇 가지 새로운 사실들을 얘기해 주었다.

그건 통운각의 무사들이 대망에게 모두 잡아먹혔으며, 그로 말미암아 자신까지 목숨을 잃을 위기에 처했다는 것이었다. 그때 때마침 삼사가 등장했고, 그와 합공을 해 가까스로 대망을 죽일 수 있었다고도 했다.

놀라운 것은 그럼에도 불구하고 후동관이 죽었다는 사실이었다. 벽사룡은 목숨을 잃을 위기에 처한 자신을 살리기 위해 후동관이 몸을 돌보지 않는 공격을 감행했고, 그 과정에서 놈의 송곳니에 급소를 뚫려 그 자리에서 절명했다고 말했다.

벽사룡은 홀로 살아온 것에 대해 다섯 명의 사부에게 깊이

사죄했고, 또한 후동관의 충정과 희생을 잊지 않겠노라고 맹세했다. 청화부인은 죽은 후동관을 비롯해 육사부 모두에게 그 자리에서 태상장로(太上長老)의 지위를 하사했다.

이미 장로로서 대우를 받았던 육사부가 실제로 장로가 된 것이다. 그것도 모든 장로들의 으뜸이라는 태상장로가.

그리고 다음 날 신검차랑 육심문은 평소 친분이 두터운 의당(醫堂)의 노당주 생사목(生死目)에게 전날 가인옥에서 벽사룡에게 들었던 말을 전해주고, 혈두타를 치료하는 와중에 지저빙호에서 있었던 일에 대해 다시 한 번 자세히 물어봐 줄 것을 부탁했다.

생사목 역시 육사부와 함께 장로급의 대우를 받던 인물로 전날 있었던 수뇌부 회동에도 참석해 벽사룡이 가져온 비늘의 진위까지 확인했었다. 이게 지금 마중영과 육심문이 나누는 얘기의 배경이었다.

"좀 더 소상히 말씀해 보시오."

곁에서 듣고 있던 일지혼마 화녹천이 말했다.

전날 장개산의 검에 당해 팔뚝이 걸레가 된 그는 광목을 감고 나와 있었다. 사지가 부러졌던 요교랑 역시 특별히 제작한 의자에 앉아 의식을 지켜보는 중이었다.

물론 두 사람 모두 의식에는 애초부터 관심이 없었다. 청화부인의 밀명을 받고 장개산과 빙소소를 죽이러 갔던 후동관이 죽었다는데 의식이 다 무엇인가.

그들은 이해할 수가 없었다.

천하의 적안살성이 한낱 미물에게 죽임을 당했다는 게 말이 되는가. 제아무리 수백 년을 산 신수라고 해도 짐승은 결국 짐승일 뿐, 조물주가 만든 영장(靈長)인 인간을 이길 수 없다. 하물며 그 인간이 인간 중에서도 최고 수위를 다투는 강자이고 보면.

"놈들을 추격해 간 곳에 지저빙호가 나타났고, 거기서 대망이 튀어나와 통운각의 무사들을 닥치는 대로 잡아먹었다는 것까진 일치합니다. 염마천주가 상당히 곤란한 상황에 처한 것도 사실이고요."

"하면 무엇이 다르다는 겁니까?"

"염마천주의 말과 달리 삼사께서는 장개산이 휘두른 검에 죽었다는군요."

"놈은 대망에게 잡혀 먹었다고 하지 않았소이까?"

"대망은 사람들을 그 자리에서 먹지 않고 죽인 다음 호수에 버려두었다는군요. 일단 사냥을 하고 나중에 천천히 먹기 위해서 그런 것 같았답니다. 그런데 놈이 죽지 않고 살아 있었던 모양입니다. 놈은 삼사께서 염마천주를 도와 대망과 싸우는 틈을 타 물속에서 갑자기 튀어나와서는 등을 찔렀다고 하는군요. 염마천주가 황급히 놈의 가슴에 일장을 날려 숨통

을 끊어놓기는 했지만 그땐 이미 늦었답니다. 삼사께서는 일
각을 버티지 못하고 염마천주의 품 안에서 조용히 숨을 거두
셨답니다."

"어떻게 그런 일이……."

"당혹스러운 일이지요."

"한데 염마천주는 왜 우리에게 삼사께서 대망에게 물려 죽
었다고 거짓말을 했답니까?"

"생사목도 그렇게 물었답니다. 한데 혈두타는 그런 일이
있었냐면서 매우 놀라는 눈치였다더군요. 더불어 아무래도
큰 실수를 한 것 같다며, 자신의 입에서 나온 얘기들은 모두
못들은 것으로 해달라 신신당부를 했답니다."

"이것 참."

화녹천이 난감하다는 듯 혀를 끌끌 찼다.

정황으로 미루어 보건대 적안살성은 장개산의 기습에 죽
은 것이 분명해 보인다. 전날 금화선부에서 있었던 놈의 그
가공할 생명력과 끈질긴 집념을 생각하면 아주 불가능한 일
도 아니었다.

한데 벽사룡은 왜 거짓말을 했을까?

그것도 청화부인과 자신들 다섯 사부만 있는 자리에서.

"일단 보기에는 염마천주가 삼사의 면을 세워주기 위해 있
지 않은 일을 만들어 낸 듯하군요."

여태 잠자코 있던 요교랑이 말했다.

"무슨 뜻이오?"

화녹천이 시선을 요교랑에게로 옮기며 물었다.

"제아무리 대망을 상대로 싸우느라 방심했다고는 하나 삼사께서 새파란 놈이 휘두른 검에 죽었다는 것은 체면을 크게 상하는 일이지요."

"이무기에게 물려 죽은 것은 괜찮고요?"

"중요한 것은 장개산이 금화선부를 빠져나가기 직전 일사의 검에 맞아 목숨을 장담키 어려울 정도로 중상을 입었다는 사실입니다. 놈이 미쳐 날뛸 때도 일사께서는 중상을 입힌 반면, 삼사께서는 그런 놈의 숨통을 끊어놓기는커녕 방심하다 등을 찔려 죽었으니 이보다 더 난감한 상황이 어디 있겠습니까?"

"나는 아직도 그게 믿기지 않습니다."

"보십시오. 당장 그렇게 반응이 나오질 않습니까. 이런 반응의 저변에는 삼사께서 난감한 실수를 했다는 생각이 깔려 있는 겁니다."

"딴엔 그렇긴 합니다만……."

"결정적으로 놈은 혈제의 여덟 번째 맥입니다. 혈제의 여덟 번째 맥에게 혈제의 또 다른 맥인 삼사께서 죽임을 당했다는 것은 삼백 년을 이어온 승부에서 졌다는 말과도 같지요.

이것이야말로 삼사의 명예와 직결되는 문제입니다."

육심문이 한마디를 더 보탰다.

그의 말에 모두가 숨을 죽였다.

다른 건 몰라도 그 일이라면 죽었던 후동관이 다시 벌떡 일어나 칼을 빼 물 만큼 원통하고 불명예스러운 일이었다.

"염마천주가 혈맥(血脈)의 오랜 비사를 알고 있었다는 뜻입니까?"

화녹천이 놀란 눈을 치켜뜨고 물었다.

"염마천주는 비범한 두뇌의 소유자입니다. 아직도 그를 우리에게서 무공을 배우던 천재 소년쯤으로 생각하신다면 큰 오산입니다. 그는 이미 우리를 넘어섰습니다."

"무슨 뜻입니까?"

"혈두타의 말이 지저빙호에서 염마천주가 월광을 보았다는군요."

"그게… 사실입니까?"

"사실인 듯합니다."

"어떻게 그런 일이. 대법을 통과한 이후에나 볼 수 있을 거라 생각했거늘……."

월광은 백선류를 대성했을 때 나타난다는 빛을 일컫는 말이다. 백선검노는 일흔에 이르러서야 비로소 월광을 보았고, 천하삼검의 일인으로 불렸다. 한데 벽사룡은 불과 서른의 나이에 일흔 살의 백선검노와 대등한 수준의 경지에 도달했다.

무인의 강함을 단지 무공의 경지로만 말할 수는 없다. 타고난 품성, 기백, 체력, 지혜… 이 모든 것들이 승부를 결정짓는 요인이 되고 강함과 약함을 논하는 기준이 된다. 그중에서 가장 중요한 것은 단연코 경험이다.

부잣집 삼대독자로 자란 스무 살 일류검사가 평생 전장에서 칼밥을 먹은 일흔 살 삼류검사를 이기지 못하는 이유가 거기에 있다.

벽사룡이 서른 살의 나이에 백선류를 대성했다고 해서 하루아침에 일흔 살의 백선검노와 대등한 수준의 강자가 되는 것을 의미하지는 않는다.

하지만 놀랍지 않은가.

기억하기로 젊은 날의 백선검노 역시 그 나름 백만 명 중에 한 명 나올까 말까 한 기재라는 말을 들었다. 이곳에 모여 있는 다섯 명의 사부 역시 마찬가지였다.

인정할 수밖에 없었다.

자신들은 백만 명 중의 한 명이지만, 벽사룡은 백 년에 한명 나올까 말까 한 기재였다.

"어떻게 생각하십니까?"

처음 육심문에게 질문을 던져 놓고 여태 다른 사람들의 대화를 듣기만 하던 마중영이 이번엔 저만치 앉아 있는 혁련월에게 물었다. 혁련월이야말로 이런저런 말이 오가는 중에도 단 한마디도 하지 않은 채 묵묵히 의식을 지켜보았었다.

사람들은 모두 입을 다문 채 혁련월을 응시했다.

서열이 없는 관계라고는 하나 사람들은 은연중에 혁련월을 자신들의 좌장이라 여기고 있었다. 가장 연장자이기도 하거니와 그의 무공이 가장 강했던 탓이다. 죽은 후동관을 포함해 여섯 명의 사부 중 백선검노와 겨룰 수 있는 유일한 인물이 바로 그였다.

무엇보다 그는 지혜로웠다.

한동안 침묵하던 혁련월의 입이 무겁게 열렸다.

"생각은 이사께서 있으신 것 같소만."

"모든 게 너무 쉽다는 생각이 드는군요. 삼사의 죽음도, 우리가 그것을 알아낸 것도."

"정확하게 하시고 싶은 말씀이 무엇입니까?"

정곡을 찌르는 질문.

마중영은 잠시 사이를 두었다가 말했다.

"만약 우리가 혈두타를 찾아갈 것까지 염마천주가 계산을 했다면……?"

"그래서 바뀔게 무엇이오?"

"삼사의 죽음에 한 점의 의혹이라도 있다면, 그건 그냥 넘어갈 일이 아닌 것 같습니다만."

"의혹 따위는 없소. 있어서도 안 되고!"

혁련월의 음성은 단호했다.

그는 나머지 네 사람을 쓸어 보며 다시 한 번 힘주어 말했다.

"가장 무서운 적은 내부의 분열이오. 추후 오늘과 같은 불손한 언행이 다시 이어질 시엔 내가 먼저 묵과하지 않을 것이오. 다들 명심들 하시오."

*　　　*　　　*

빙소소는 뺨에 부딪히는 차가운 기운을 느끼며 눈을 번쩍 떴다. 십여 높이의 천장에서 아래로 뻗은 종유석을 타고 흘러내리는 물방울이 뺨 위로 뚝뚝 떨어지고 있었다.

놀랍게도 숨이 쉬어졌다.

터질 것 같던 심장의 고통도 모두 사라진 상태였다.

황급히 자리에서 일어나 주변을 살폈다.

순간, 단전에서부터 시작해 불같이 뜨거운 기운이 느껴졌다. 기운은 온몸의 기혈을 타고 도는가 싶더니 한순간 현기증이 일었다. 마치 뜨거운 죽을 삼킨 것 같았다. 가까스로 고통을 참으며 주변을 살폈다.

어둠 속 저편에서 끊임없이 들려오는 폭포 소리, 숨을 들이 쉴 때마다 콧속을 파고드는 지독한 한기, 머지않은 곳에 길게 누워 있는 대망의 사체.

틀림없었다. 이건 호수 바깥이었다.

분명 빙호의 심연 속에서 정신을 잃었는데 어떻게…….

서둘러 눈을 비비고 다시 한 번 주변을 살폈다.

자신이 앉아 있는 바로 앞, 모래톱에 놀랍게도 호롱불 같은 것이 켜져 있었다. 지금 주변을 희미하게나마 비추는 빛의 진원지가 바로 그 호롱불이었다.

'누군가 있어!'

하지만 이 깊은 지저동굴에 도대체 누가 있단 말인가?

혹시 벽사룡이 다시 돌아온 것일까? 아니면 통운각의 무사들 중 누군가가 혼전을 틈타 몸을 숨기고 있다가 이제야 모습을 드러낸 것일까?

발끝에서부터 소름이 쫙 끼쳤다.

그때 저만치 어둠 속 호수의 한가운데서 물방울이 뽀글뽀글 올라오는 기척이 느껴졌다. 빙소소는 황급히 자리에서 일어나 주변을 살폈다. 머지않은 곳에서 후동관의 대감도를 발견하고는 재빨리 집어 들고 호수를 향해 공격의 자세를 취했다.

잠시 후, 시커먼 그림자가 수면 위로 모습을 드러냈다. 그림자는 헤엄을 치며 점점 다가왔고, 이윽고 호롱불의 빛이 비치는 호수의 가장자리까지 이르렀다. 헤엄을 칠 필요가 없을 정도로 바닥이 얕아지자 그림자가 쓰윽 몸을 일으켰다.

육척이 넘는 거대한 체구에 찢겨져 나간 옷자락 사이로 보이는 탄탄한 근육, 풀어 헤쳐진 머리카락. 기둥뿌리 같은 사지……. 빙소소는 온몸에 힘이 쭉 빠져나가는 것을 느꼈다. 단단히 움켜쥐고 있던 대감도가 쨍그랑 소리를 내며 바닥으로 떨어졌다.

"장 소협……!"

그림자는 장개산이었다.

물을 줄줄 흘리며 호수 밖으로 나온 장개산은 모래톱 위를 저벅저벅 걸어와 빙소소와 마주하고 섰다. 그리고 부들부들 떨고 있는 빙소소를 바라보며 말했다. 마치 아무 일 없었다는 듯 태연하게.

"깨어났군."

"정말… 당신인가요?"

"오랜만이오."

"그, 그럴 리가. 당신은 분명 죽었……."

"나도 죽는 줄 알았소."

사람이 큰 충격을 받으면 사지에서 힘이 빠져나가는 법이었다. 빙소소는 더는 버티지 못하고 옆으로 픽 쓰러졌다. 장개산이 황급히 손을 뻗어 그녀를 부축한 다음 호롱불 곁에 앉혀 주었다. 장개산의 탄탄한 근육을, 뜨거운 체온을 느껴서야 빙소소는 비로소 이것이 꿈이 아니라는 사실을 실감할 수 있었다.

"어떻게 된 거죠?"

"환해서 잠을 잘 수가 있어야지."

"장난 말고요!"

빙소소가 버럭 소리를 질렀다.

"장난이 아니오. 소저가 나를 깨웠잖소."

"제가 언제……?"

말과 함께 장개산이 가죽 끈으로 묶은 내단 아홉 개를 빙소소의 눈앞에서 흔들어 보였다. 당최 무슨 말을 하는 건지 모르겠다. 의식을 잃고 죽어가던 그가 내단의 불빛을 보고 다시 깨어났다는 것 같은데, 그게 가능한 일일까? 그가 빙호의 깊은 심연 속에서 홀로 가라앉아 있었던 시간이 얼마인데…….

"말도 안 돼."

"동감이오. 어떻게 이런 동굴 속으로 나를 업고 올 생각을 한 거지? 대체 여긴 어디오? 저건 또 뭐고?"

말끝에 장개산이 호수를 가로질러 길게 뻗어 있는 대망을 가리켰다. 금화선부를 빠져나오는 순간부터 정신을 잃었으니 그로서는 이 모든 상황이 놀랍고 당혹스럽기도 할 것이다.

하지만 죽은 사람을 다시 만난 자신만큼 놀랍고 당혹스러울까? 빙소소는 뜨거운 눈물을 뚝뚝 흘렸다.

천 근 같이 무거운 장개산을 업고 도망치던 때의 고통, 동굴 속에서 빙호를 만났을 때 막막함, 벽사룡이 봉전을 쏘아 자신을 발견했을 때의 두려움, 대망이 나타나 사람들을 닥치는 대로 잡아먹을 때의 공포, 장개산을 놓치고 심연으로 가라앉아 가는 그를 바라볼 때의 슬픔, 벽사룡이 자신을 홀로 남겨두고 떠나갔을 때의 절망감과 서러움이 한꺼번에 몰려오며 감정을 주체할 수가 없었다.

장개산은 빙소소가 울음을 그칠 때까지 말없이 기다려 주었다. 빙소소는 평생 참았던 눈물을 한꺼번에 쏟아내기라도 하려는 듯 일다경이나 더 운 끝에 겨우 안정을 되찾았다.

그때 장개산이 무언가를 내밀었다.

고깃덩어리 같기도 하고, 짐승의 내장 같기도 한 그것에선 아직도 뜨거운 피가 뚝뚝 흘러내리고 있었다.

"이게 뭐죠?"

"저놈의 핏줄이오. 몸이 꽁꽁 언 와중에도 이것만큼은 여전히 뜨겁더군. 고기는 삼키기 어려울 테니 피만 빨아먹으시오."

"이걸 왜?"

"뱀의 피가 소저의 얼어붙은 핏줄과 기혈을 녹였소. 이게 없었다면 사지를 모두 잘라내야 했을 것이오. 운이 좋았소."

자신이 잠든 사이 장개산이 저 피를 짜서 입안에 흘려 넣은 모양이다. 빙소소는 그제야 아까부터 온몸을 타고 도는 열기의 정체를 뒤늦게 알아차렸다. 필시 대망의 피가 모종의 공능을 발휘했으리라.

"저건 뱀이 아니라 대망이라 불리는 이무기예요."

"이무기도 뱀이오. 다만 오래 묵었다는 것이 다를 뿐."

"한데 어떻게 이걸 제게 먹일 생각을 했죠?"

"뭐라도 먹여야겠기에."

"그러다 제가 죽기라도 했으면 어찌하려고요."

"사부님과 함께 청옥산에 살던 시절에도 뱀이라면 적지 않게 잡아먹었소. 오백 년 묵은 소나무 뿌리 아래에서 살던 백사(白蛇)를 백봉령(白茯笭)인 줄 알고 아무렇지도 않게 집어 들었다가 물려서 사흘 동안이나 까무러친 적도 있었지."

백봉령은 오래 묵은 소나무 뿌리에 기생해 사는 버섯을 말한다. 그 모습이 마치 똬리를 튼 백사를 닮아 어설픈 초짜 약초꾼들이 물려 죽는 일이 종종 있었다.

"그래서요?"

"자리를 털고 일어나자마자 소나무로 달려가 땅을 파기 시작했소. 소나무가 수백 년이나 묵었다는 것은 지기가 뭉쳐 있다는 뜻이고, 그런 곳에서 만들어진 영물은 함부로 자리를 옮기지 않는 법이거든."

"그래서 어떻게 됐죠?"

"예상은 적중했소. 백사는 마치 하찮은 인간 따윈 두렵지 않다는 듯 여전히 그 자리를 지키고 있더군. 나는 놈을 잡아 꼬챙이에 끼운 다음 계곡에 가서 구워 먹었소. 그리고 한 달 동안이나 넘치는 활력을 주체하지 못해 애를 먹었지."

활력이 꼭 사내들이 쓰는 힘을 말하는 것은 아니지만, 일반적으로 사내들이 뱀을 잡아먹을 때는 그런 목적이었다. 빙소소는 저도 모르게 얼굴이 붉어졌다.

빙소소의 그런 생각을 아는지 모르는지 장개산은 말을 계속 했다.

"그때 처음 알았소, 오래된 뱀의 피는 보혈이라는 것을."

저런 마수를 뱀이라고 폄하해 버리는 장개산의 배짱에 빙소소는 그만 피식 웃음을 터뜨릴 수밖에 없었다.

웃음이 나온다.

이런 상황에서도, 이런 몰골을 하고서도 웃음이 나온다.

그가 있기 때문이다.

그만 있다면 아무것도 두렵지 않았다.

빙소소는 장개산이 건네준 핏줄을 입에 물고 천천히 빨아보았다. 뜨거운 기운이 목구멍을 타고 흘러들어가면서 온몸으로 퍼졌다. 그제야 몸도, 마음도 조금씩 안정을 되찾아 가는 것 같았다.

그러다 문득 떠오른 생각에 빙소소는 사색이 되었다.

"상처… 당신, 검에 맞았는데!"

금화선부에서 장개산은 천화성군 혁련월에 의해 가슴에 일검을 맞았고, 은하검객 마중영이 내지른 검에 옆구리를 뚫렸다. 그리고 마지막으로 적안살성 후동관의 대검도에 허벅지를 관통당했다.

어느 것 하나도 예사롭지 않은 부상. 그로부터 불과 하루밤에 지나지 않았으니 장개산은 지금쯤 죽었거나 사경을 헤매고 있어야 맞다. 한데 이렇듯 멀쩡한 모습이라니…….

"견딜 만하오."

빙소소는 제 눈으로 직접 확인을 해야 믿겠다는 듯 허락도 없이 장개산의 가슴에 걸친 넝마를 확 열어 젖혔다. 그러자 흡사 실로 꿰맨 듯한 자국이 선명하게 모습을 드러냈다. 도주하던 중에 잡아 붙여준 혈오공 자국이었다.

어쩐 일인지 혈오공은 이미 녹아 없어져 버렸고, 대신 새살이 올라오고 있었다. 그것도 놀라운 속도로. 옆구리와 허벅지도 옷을 벗기듯 들추어 살폈다. 결과는 가슴 부위의 상처와 크게 다르지 않았다.

외상은 그렇다고 치자.

쇠붙이가 파고든 속살은 불로 지지거나 내상약을 따로 바르지 않으면 저절로 나을 수가 없다. 멀쩡하게 살아 있으니 분명 치료가 된 것 같기는 한데 도대체 그에게 무슨 일이 일어난 걸까?

"어떻게 이런 일이 있을 수 있는 거죠?"

"소저가 붙여준 혈오공이 큰 도움이 됐소?"

"혈오공이 영험하기는 하지만 상처를 이토록 빨리 회복시킬 정도는 아니에요."

"그 이상은 나도 잘 모르겠소."

"전혀 놀라는 눈치가 아니군요."

"예전부터 상처가 빨리 회복되기는 했소. 어지간한 독에는 끄떡도 않았고. 이번처럼 깊은 상처를 입은 적은 없었지만."

말도 안 되는 일이지만 장개산이기에 어쩌면 가능한 일인지도 모르겠다. 그의 육체에서 뿜어져 나오는 비정상적인 괴력을 생각하면 몸이 뭐가 달라도 다르지 않겠는가. 이쯤 되자 빙소소는 그의 과거가 궁금해 견딜 수가 없었다. 도대체 그에게 무슨 일이 있었던 걸까?

"그보다 어떻게 된 것이오?"

장개산이 주변을 둘러보며 물었다.

무덤덤하게 가라앉았지만 어딘지 모르게 분노가 느껴지는 음성이었다. 빙소소는 금화선부에서 정신을 잃고 쓰러진 그를 구출했을 때부터 시작해 지금까지 있었던 일을 하나도 빼놓지 않고 말해주었다. 마치 못된 무리에게 당하고 돌아온 누이가 무섭고 힘센 오라버니에게 고자질을 하듯.

"그게 벽사룡에게 당한 상처였다고?"

한참을 묵묵히 듣고 있던 장개산이 말했다.

그도 후동관의 시체를 본 모양이었다.

중요한 건 그게 아니다.

후동관은 초절정의 고수, 그런 고수를 벽사룡이 쓰러뜨렸다는 사실이 중요했다. 그건 대망과의 혈전으로 말미암아 한순간 그의 무공이 진일보했다는 것을 의미하니까. 바로 백선류를 대성했다는 것 말이다.

한데 장개산은 제자가 스승을 베었다는 사실에 집중했다.

어쩌면 그것조차 중요한 게 아닐지도 모른다.

벽사룡이 무신이 되었다고 한들, 이곳에 갇혀 있는 한 자신들과 무슨 상관인가. 정말 중요한 건 어떻게 살아남아 이곳을 빠져나가느냐 하는 것이었다.

나가는 길을 찾지 못하면 정말 일 년 내내 이곳에 갇혀 있어야 한다. 벽사룡이 죽어 버리거나, 혹은 생각이 바뀌어 돌아오지 않는다면 영영 이곳에서 짐승처럼 살아야 할지도 모른다.

"비밀통로로 나갔던 섬서무림인들과 흑풍조는 어떻게 되었소?"

"아무런 소식을 듣지 못했어요."

장개산은 한참을 생각하더니 말했다.

"무사히 탈출한 모양이군."

"그걸 어떻게 알죠?"

"청화부인이 후동관을 보낸 것이 소저를 제거하기 위함이라고 했소?"

"분명 그렇게 들었어요."

"그렇다면 이 작전은 벽사룡이 독단적으로 벌인 일이오. 벽사룡은 비범한 놈이오. 그런 놈이 이런 중차대한 시기에 연락망도 남겨두지 않은 채 홀로 움직이진 않았을 터, 소저와 나를 추격하는 와중에도 놈은 분명 금화선부에서 일어나는 일들을 시시각각 보고받았을 것이오."

"섬서무림인들과 흑풍조가 잡혔다면 벽사룡도 알고 있었겠군요. 벽사룡은 저의 의지를 꺾기 위해서라도 그 소식을 흘렸을 것이고요. 하지만 아무 말이 없었다는 것은……."

"남궁휘가 놈들을 따돌렸다는 뜻이지."

"하아……!"

장개산이 살아 돌아온 것만으로도 감지덕지할 일인데 흑풍조의 선배들까지 모두 놈들의 마수에서 벗어났단다. 빙소소는 자신이 어떤 상황에 처했는지조차 잊어버릴 정도로 가슴이 벅차올랐다.

장개산이 살아 돌아오자 이렇게 분위기가 바뀐다.

한참을 들떠 있던 빙소소는 또 궁금한 것이 있었다.

"한데 빙호는 왜 들어간 거죠? 저 호롱불은 뭐고요."

"빙호는 이것들을 찾으러 갔고."

말과 함께 장개산이 등 뒤에서 두 자루의 검을 뽑아 바닥에 내려놓았다. 혼전 중에 빙소소가 스스로 끊어 버린 그의 참마검과 자신의 협봉검이었다. 빙소소는 괜스레 미안해졌다.

"호롱불은 뱀의 지낭(脂囊)에서 짠 기름으로 만든 것이오. 석순(石筍)의 오목한 부분을 잘라 그릇을 만들고 소저의 소맷자락에서 뽑은 실을 꼬아 꽂았더니 그런대로 쓸 만하더이다."

석순은 동굴의 천장에서 떨어져 내린 물방울의 석회가 오랜 세월 쌓이면서 만들어진 돌기둥을 말한다. 그 모습이 마치 죽순 같다고 해서 석순이라 불리는데 어떤 것들은 진주 모양의 구슬을 만들면서 꼭대기가 질그릇처럼 오목해 지기도 한다. 장개산은 그걸 잘라 물기를 닦아내고 기름을 담은 모양이었다.

한데 지낭이라는 건 뭘까? 대망의 뱃속에 기름을 담는 주머니라도 있다는 걸까?

"대망의 뱃속에 그런 게 있었나요?"

"물속과 뭍을 오가는 짐승들은 크든 작든 모두 꼬리 부위에 지낭을 가지고 있소. 지낭의 기름을 피부에 발라 부력을 높이고 잘 미끄러지게도 만들지."

감탄이 절로 나왔다.

산중에서 나무만 하고 살았다고 들었는데, 이제 보니 노련한 사냥꾼이지 않은가. 빙소소는 문득 장개산이 대망과 싸웠더라면 어떻게 되었을까 하는 생각이 들었다.

"이제 어떡하죠?"

"여길 나가야겠지."

"방법이 있나요?"

"찾아보면 알지 않겠소? 그 전에 할 일이 좀 있소."

장개산이 스윽 일어나더니 내단을 들고 걸음을 옮겼다. 그가 움직이는 방향을 따라 빛이 점점 퍼져 나가며 어둠을 밀어냈다. 잠시 후, 거대한 굵기의 석주(石柱)가 모습을 드러냈다. 놀랍게도 그곳에 한 사람이 피투성이가 된 채로 기대어 앉아 있었다.

빛이 비치자 그가 숙였던 고개를 들어 올렸다.

순간 두 눈에서 뿜어져 나오는 시퍼런 안광. 빙소소는 온몸에서 전율이 흐르는 걸 느꼈다. 그는 벽사룡에게 죽었던 적안살성 후동관이었다.

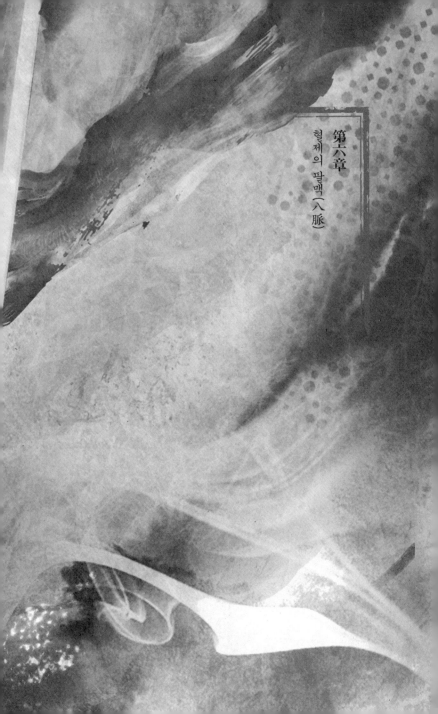

第六章

혈제의 팔맥(八脈)

"이, 이게 대체… 뭐가 어떻게……!'

빙소소가 사색이 되어 버렸다.

장개산이 살아 돌아온 것만으로도 귀신 곡할 노릇인데 지금쯤 한창 저승길을 걷고 있어야 할 후동관은 또 어찌하여 숨이 붙어 있단 말인가.

반나절 전이었다.

장개산이 빙소소를 안고 물 밖으로 나왔을 때는 호수에 온통 피비린내가 진동했다. 내단의 불빛 아래 드러난 호수는 아수라장이 따로 없었다. 뻣뻣하게 얼어붙어 있는 거대한 생물체의 사체, 둥둥 떠다니는 인간의 시체들, 여기저기 굴러다니는 종유석의 잔해들… 그 사이로 한 사람이 앉아 있는 것이 보였다.

그는 금화선부에서 자신의 허벅지에 일검을 먹였던 적안살성 후동관이었다. 빙소소를 안고 걸어 나오던 장개산은 그 자리에 우뚝 멈춰서며 후동관과 대치했다. 두 눈에서는 뜨거운 살광이 넘실넘실 뻗어 나왔고, 몸속 깊은 곳에서는 어둡고 폭력적인 무엇인가가 끓어오르고 있었다. 예전과는 비교도 할 수 없는 강력한 힘.

그때 깨달았다.

빙호의 심연에서 생과 사의 갈림길을 오가는 동안 자신의 몸에 무언가 일어나서는 안 되는 일이 일어났음을. 그로 말미암아 엄청난 대가를 치러야 할 것이라는 것도.

"일단 여자부터 살리게."

후동관이 말했다.

마치 성난 맹수를 쓰다듬듯 부드러운 음성.

장개산은 불같이 끓어오르던 분노가 저도 모르게 사그라지는 것을 느꼈다. 그리고 후동관의 몸이 정상이 아님을 뒤늦게 알아차렸다.

호흡은 아기의 그것처럼 가늘었고 옆구리에서 뿜어져 나온 피가 바닥을 홍건히 적시고 있었다. 가까스로 지혈은 한 모양이었지만 저 몸으로는 아무것도 할 수 없으리라. 그는 죽어가고 있었다.

후동관의 상태가 심각함을 안 장개산은 일단 물 밖으로 나와 빙소소를 부드러운 모래톱 위에 뉘인 다음 그녀의 몸을 살폈다.

심산에서 사부와 둘이 살 적에는 모든 걸 스스로 해결해야 했다. 때문에 어지간한 부상이나 질병 따위는 가볍게 치료를 했다.

하지만 지금 빙소소의 상태는 난생처음 겪어보는 것이었다. 차디찬 통나무로 변해 버린 그녀를 두고 장개산은 무얼 어찌해야 할지를 몰랐다. 그사이 그녀의 맥박은 점점 느리고 가늘어져 갔다.

그때 후동관이 나직한 목소리로 말했다.

"인간의 육체에서 일어나는 모든 문제는 음양의 조화가 깨져서 생기는 법이라네. 깨진 음양의 조화를 회복시키는 것이 치료의 첫 번째 이치지."

"무슨 뜻입니까?"

"그녀는 지금 빙호의 한기가 핏줄과 기혈로 침투해 죽어가고 있네. 우선은 얼어붙은 기혈을 녹이고, 다음엔 피를 돌게 만들게."

"기혈을 녹이고 피를 돌게 하려면 어떻게 해야 합니까?"

"내경(內經)에 이르길. 약과 병은 항상 함께 있다고 했네. 이토록 차가운 빙호에서 얼어붙지 않고 살아가는 걸 보면 저 짐승의 몸에 한기를 몰아내는 무언가가 있지 싶네만."

인간의 식은 몸을 덥히는 건 심장에서 흘러나오는 뜨거운 피다. 짐승이라고 해서 크게 다르지 않을 터. 장개산은 한 치의 망설임도 없이 대망의 살을 베고 핏줄을 뜯어냈다.

후동관의 예상은 적중했다.

핏줄은 마치 끓는 물이라도 되는 것처럼 뜨거웠다.

빙소소의 입에 그 피를 짜서 조금씩 흘려보냈다. 잠시 후, 그녀는 혈색이 돌아오기 시작했고. 머지않아 심장까지 힘차게 뛰었다.

일단 급한 불을 끈 장개산은 대망의 핏줄을 조금 더 잘라다 후동관의 입에도 몇 차례 피를 짜 흘려 넣어 주었다. 대망의 피는 영험했다. 잠시 후, 죽어가던 후동관의 눈동자에도 생기가 돌기 시작한 것이다.

그 역시 검상으로 말미암아 쓰러지기는 했어도 정작 죽음을 재촉하는 것은 동굴 전역에 가득한 냉기로 말미암은 기혈과 핏줄의 경화였던 모양이다.

하지만 그것도 잠시, 후동관은 대망의 피에 담긴 강한 약성을 견디지 못하고 까무러쳐 버렸다. 현재 그의 상태로 볼 때 약기운이 온몸에 퍼지고 다시 정신을 차리려면 제법 시간이 걸리리라.

빙소소와 후동관의 숨길을 돌려놓은 장개산은 호수의 주변을 천천히 둘러보기 시작했다. 땅 속 깊은 곳에 위치한 지저빙호인 듯한데 도무지 나갈 길이 없어 보였다.

그러다 뒤늦게 자신과 빙소소의 검이 사라진 걸 알았고, 내단을 들고 빙호 속에 뛰어들어 바닥을 한참 동안 뒤지다가 이제야 모습을 드러낸 것이다.

설명을 모두 들은 빙소소는 아연실색했다.

자신을 죽이러 왔던 후동관 때문에 오히려 목숨을 건졌다니. 이 상황을 어떻게 받아들여야 할지 혼란스럽기 짝이 없었다.

장개산은 대망의 핏줄을 짜서 후동관의 입에 다시 한 번 피를 흘려 넣어 주었다. 몸이 조금 적응을 한 상태라 그런지 이번엔 아까보다 조금 더 쉽게 받아들이는 듯했다.

하지만 혈색은 여전히 돌아오지 않았다.

출혈이 지나치게 많았던 탓이다.

자신의 상태를 아는 것인지 후동관이 고개를 가로저었다. 이제 그만하라는 뜻이다. 장개산은 두 번도 권하지 않고 손을 멈추었다. 그리고 돌아서려는데 후동관이 물었다.

"왜 아무것도 묻지 않는 건가?"

"무얼 물어야 합니까?"

"난 자네들을 죽이러 왔네."

"하지만 살렸지요."

장개산은 그 이유가 벽사룡의 배신 때문이라고 생각했다. 자신과 빙소소를 죽이러 왔으나 벽사룡에게 배신을 당하는 순간, 그는 생각을 바꿨다. 대망혈제회에 대한 충성심이 얼마나 대단할지 모르나 자신을 죽이려 한 자들을 위해 헌신할 사람은 없다.

"자넨 사부를 빼닮았군."

"......!"

장개산은 눈동자를 사납게 반짝였다.

그러고 보니 전날 금화선부에서 그와 은하검객 마중영이 자신을 두고 제종산문을 이야기 하던 말이 생각났다. 두 사람은 심지어 제종산문의 뿌리가 애뇌산에서 시작되었다는 것까지 알고 있었다.

강호에 출도한 이후 처음으로 제종산문을 아는 이들을 만났다. 한데 하필이면 사람들이 치를 떠는 마두라니. 그때는 서로가 격돌하기 직전이라 그냥 넘어갔지만, 속으로는 궁금한 마음을 감출 수가 없었다. 저들은 어찌하여 제종산문을 아는 것일까?

"내 사부님을 어떻게 아십니까?"

"제종산문의 제자들은 아직도 이산 저산 떠돌아다니며 나무를 하나?"

"어떻게 아느냐고 묻지 않습니까!"

장개산이 버럭 소리를 질렀다.

공동이 쩌렁하게 울릴 정도의 강한 음성이었다.

빙소소는 당혹스러웠다.

세상을 떨어 울리던 대마두 적안살성 후동관이 어찌하여 장개산의 사부를 아는가. 그의 말투를 보면 어쩐지 오다가다 만난 사이가 아니라 제법 교류가 있는 것 같았다. 제자를 보면 사문을 알 수 있는 법. 불의와 타협하지 못하는 장개산의 올곧은 성품을 보면 이는 도저히 있을 수 없는 일이었다.

빙소소가 제아무리 놀랐다고 한들 당사자인 장개산만큼 놀랄 수는 없었다. 장개산은 이글거리는 눈동자로 후동관을 노려보았다. 보다 자세한 설명을 요구하는 눈빛이었다. 한 치의 거짓이라도 있다면 가만있지 않겠다는 듯.

후동관은 담담히 말을 이어갔다.

"하늘 아래 홀로 생겨난 무학은 없네. 과거를 거슬러 올라가다보면 반드시 세상에 알려지지 않은 또 다른 근원이 있게 마련이지. 삼백 년 전, 혈제(血帝)라는 인물이 있었네."

빙소소는 기억을 되짚어 보았지만 혈제라는 인물에 대해서는 금시초문이었다. 숱한 별들이 명멸을 거듭하는 무림사에서 삼백 년은 작지 않은 세월이었다. 그러나 별호에 제(帝) 자를 넣을 만큼 뛰어난 인물을 기억하지 못할 정도로 까마득한 세월은 아니었다.

무림사에 비교적 해박한 빙소소조차 모르는 인물을 강호 초출인 장개산이 어떻게 알 것인가.

그러나 한 가지 이상한 점이 있었다.

삼백 년이라면 운남의 애뇌산에서 제종산문이 처음 뿌리를 내리던 시기다. 혈제와 제종산문이 무슨 연관이 있는 게 분명했다. 하지만 아무리 기억을 더듬어 봐도 사부로부터 혈제라는 인물에 대해서는 들어본 적이 없었다.

"애쓸 필요없네. 혈제는 세상에 한 번도 모습을 드러낸 적 없는 은둔자였으니까. 하지만 고금을 통틀어 적수를 찾을 수 없는 진정한 천하제일인이었지."

홍쌍표가 말한 은둔자들이었다.

무공에 미친 나머지 평생을 심산(深山)에 숨어 무공수련에만 매진한다는 무공광들, 그들을 위해 홍쌍표는 무림비강록의 가장 앞자리 일곱 석을 비워 놓았다고 했다. 아무도 본 사람은 없지만 존재하는 것 또한 분명한 사실이라면서.

"이름에서도 알 수 있듯이 그의 무학은 호전적이고 파괴적이었지. 사마외도니 하는 것들은 세속의 기준일 뿐, 그는 순수하게 강함만을 추구했네. 무학을 한 단계 상승시킬 수 있다면 수단과 방법을 가리지 않았지. 동남동녀를 산 채로 잡아다

생혈을 뽑기도 하고, 이름난 무림고수들을 납치해 힘줄을 하나하나 뜯으며 기혈이 흐르는 길을 연구하기도 했지."

"인간의 탈을 쓰고 어떻게 그런 일을……!"

빙소소가 나직하게 중얼거렸다.

"말하지 않았나. 그건 우리 같은 범부의 생각일 뿐이라고. 그는 이미 인간의 폭을 넘어선 존재였네. 저 높은 곳에서 세상을 굽어보며 모든 걸 관조했지. 그에게 인간이란 한낱 벌레와 다를 바가 없었어."

"그건 궤변이에요."

다시 빙소소가 말했다.

"그럴지도 모르지. 아니, 그럴 걸세. 하지만 그렇다 한들 무슨 상관이란 말인가. 하늘 아래 그를 꺾을 수 있는 인간은 존재하지 않았고, 그는 모든 걸 마음대로 할 수 있는 존재인 것을."

"사람이니까요. 그도 결국엔 뜨거운 피가 흐르는 사람이잖아요. 사람이 사람한테 그러면 안 되는 거라고요."

"난 그 이전을 말하는 것일세. 사람답다는 말도, 나아가 공맹의 가르침이라는 것도 따지고 보면 모두가 허상일세. 우리는 그걸 인성이니 양심이니 인륜이니 하는 말로 포장하지만 결국엔 함께 모여 살기 위해 만든 일종의 약속일 뿐이지. 이선을 넘으면 안 된다. 그건 인간답지 못한 짓이다. 하지만 과연 그럴까?"

"……?"

"인간의 본성은 선하지도 악하지도 않네. 다만 자신과 같은 모습을 한 또 다른 개체들과 경쟁할 뿐이지. 범이 자신의 영역을 지키기 위해 다른 범을 물어 죽이는 것처럼 말일세."

"그런 걸 정상인들은 사마외도라고 하지요."

빙소소는 냉랭한 음성으로 일침을 가했다.

후동관은 피식 웃더니 말을 이었다.

"그는 열네 명의 제자를 두었네. 그 중 넷은 오성이 부족하다는 이유로 그가 숨통을 끊어놓았고, 두 명은 공포를 이기지 못해 도망치다 잡혀 그 자리에서 사지분시를 당했지. 나머지 여덟 명이 살아남아 언제 죽임을 당할지 모르는 공포 속에서 끝까지 버티었어. 그리고 마침내 혈제가 죽었다네. 믿기지 않겠지만 그때 그의 나이가 무려 백구십 세였지."

정말 믿기지 않았다.

제아무리 신기막측한 무학을 익혔다 한들 인간이 어떻게 이백 년 가까이나 살 수 있단 말인가. 그 정도 되면 인간이 아니라 요괴라고 하는 것이 맞을 것 같았다.

"남은 여덟 명의 제자는 하나같이 칠순을 넘긴 늙은이들이었다네. 더 재밌는 건 그런 그들조차 혈제의 무학을 하나씩만 전수받았다는 걸세. 그것만으로도 무림을 뒤집어 놓기에 충분했지. 하지만 그들은 서로가 살아 있는 한 사부처럼 오직 홀로 존재하는 천상천하(天上天下) 유아독존(唯我獨尊)의 인간이 될 수 없다는 걸 알고 있었네. 해서 혈제라는 이름 아래 일세(一勢)를 만들어 구주팔황(九州八荒)과 오호사해(五湖四海)를 정복하자고 했지."

후동관이 갑자기 고통스런 표정을 지으며 말이 끊어졌다. 벽사룡에게 맞은 부상의 후유증이 심각한 상태에서 갑자기 말을 많이 하자 기운이 벅찬 것이다.

빙소소가 내단을 빙호에 담궈 주변의 물을 잠시 데운 다음 두 손으로 떠다 후동관의 입에 흘려 넣어 주었다. 후동관이 조금 안정을 되찾는 듯하자 빙소소가 다시 물었다.

"그래서 어떻게 되었죠?"

"한 사람이 반대했네."

"왜죠?"

"그것에 대해서는 나도 아는 바가 없네. 다른 사람들은 미치고 환장할 노릇이었지. 숱한 폭압과 목숨을 잃을 위기 속에서도 묵묵히 참고 견디며 수련을 한 이유가 바로 그것 때문이었으니까. 일곱 명은 그를 죽여 없애기로 작당하고 사흘 밤낮을 싸웠네. 결과는 일곱 명의 참혹한 패배였지."

"그가 그렇게 강했나요? 혼자서 나머지 일곱 사람을 압도할 만큼."

"그는 처음부터 다른 사람들과 달랐어. 모두가 타고난 무재를 바탕으로 후천적 노력을 통해 강해진 반면, 그의 강함은 내면 깊은 곳으로부터 자연스럽게 뿜어져 나왔지. 덕분에 혈제의 총애를 한 몸에 받았네. 오직 그만이 자신의 뒤를 이을 재목이라면서."

"다른 사람들의 시기를 받았겠군요."

"그랬지. 한데 놀랍게도 그는 여덟 명의 살아남은 제자들 중 가장 막내였어. 그래서 더 시기와 질투를 한 몸에 받았지."

"그래서 어떻게 되었죠?"

다시 빙소소가 물었다.

애초 제종산문의 뿌리를 밝히고자 시작했던 이야기는 어느새 빙소소와 후동관의 대화로 이어지며 무림사의 알려지지 않은 비사를 조금씩 드러내고 있었다. 빙소소는 이야기에 홀딱 빠져들었다.

"그는 일곱 명에게 혈제의 무맥이 강호에 등장한다면 반드시 찾아가 뿌리를 뽑아버리겠노라고 경고했지. 그리고 홀연히 사라졌네."

"나머지 일곱 명은 어떻게 되었죠?"

"천하를 떠돌며 자신의 무맥을 이을 기재를 찾아다녔지. 비록 자신의 대에서는 후대에 이르러 누군가가 반드시 못다 이룬 염원을 풀어주길 바라면서."

"그들의 무맥을 이은 사람들이 딴생각을 품는다면요? 무맥은 대를 이을 수 있지만 꿈은 대를 이을 수 없는 거잖아요. 사람마다 욕망이 다 다르듯이 말이에요."

"과연 그럴까?"

후동관은 또 알 수 없는 미소를 지었다.

빙소소는 고개를 갸우뚱하고는 화제를 돌렸다.

"일곱 명을 압도했다던 그는 무얼 했죠?"

"양지바른 곳을 찾아 새로운 뿌리를 내렸네."

"문파를 세웠단 말씀인가요?"

"그렇다네."

"그가 만든 문파의 이름이 무엇인가요?"

"제종산문."

"……!"

빙소소는 망치로 뒤통수를 얻어맞은 것 같았다.

후동관의 이야기에 집중하느라 까맣게 잊었는데, 자신들은 처음 그가 장개산의 사부를 어떻게 아는지에 대한 이야기를 하고 있었다. 한데 지금까지 한 이야기가 모두 제종산문의 탄생에 관한 비사였다니.

정리를 하자면 삼백 년 전 혈제라고 불리는 무시무시한 인물이 있었고, 그의 여덟 무맥 중 하나를 이은 사람이 제종산문을 세웠다.

만약 저 말이 사실이라면 이는 제종산문의 정체성이 뿌리째 흔들리는 일대사건이었다. 이거야말로 놀라 자빠질 일이었다.

빙소소는 떨리는 가슴을 진정시키며 장개산을 바라보았다. 예상과 달리 장개산의 눈동자는 착 가라앉아 있었다. 하지만 가슴 속에서는 그 어느 때보다 강한 격랑이 휘몰아치고 있을 게 분명했다.

하지만 그의 당당하고 깨끗한 눈동자를 그를 보고 있자니 이건 아무리 생각해도 말이 안 되는 것 같았다. 빙소소는 협봉검을 뽑아 들며 벌떡 일어섰다. 검봉이 후동관의 턱밑에서 부르르 떨었다.

"한 번만 더 그런 헛소리를 지껄이면 이 자리에서 죽여 버릴 줄 알아요."

여느 때와 달리 비정하기 짝이 없는 목소리, 거짓말이 아니었다. 그는 당장이라도 후동관의 숨통을 끊어 놓을 기세였다.

하지만 후동관은 차분했다.

그는 빙소소에게는 눈길조차 주지 않은 장개산을 응시하며 말했다.

"그는 그렇게 생각하지 않을 것일세."

"헛소리 말라니까!"

빙소소가 한 걸음을 다가섰다.

협봉검의 검봉이 목덜미를 살짝 파고들었지만 후동관은 눈 하나 깜짝하지 않고 장개산만 노려보았다. 그의 당당함에서 무언가를 읽었음일까? 빙소소는 저도 모르게 천천히 돌아서서 장개산을 바라보았다.

"귀하가 그 일곱 무맥 중 하나를 이었군요."

장개산의 입이 무겁게 열렸다.

빙소소는 온몸에서 소름이 끼쳤다.

후동관의 말이 모두 사실이었던 것이다.

"그렇네."

후동관어 일곱 무맥 중 하나를 이었다?

그렇다면 나머지는…….

"육사부……!"

빙소소의 입에서 나직한 신음이 흘러나왔다.

놀람이 극에 다다르면 숨이 막히는 걸까?

가슴이 답답해지며 심장이 쿵쾅거렸다.

하나같이 심상치 않은 인물인 줄은 알았지만 그 정도였을 줄이야. 그리고 보니 그들의 내력에 대해 세상에 알려진 것이 거의 없다는 사실을 뒤늦게 깨달았다.

빙소소가 들은 것이라곤 한때 이름만 들어도 산천초목이 벌벌 떨던 사도의 전설적 고수들이라는 것이 고작이었다. 따르던 무리가 적지 않았고, 그들을 하나로만 모아도 능히 일세를 일으킬 거라는 말도 있었다. 오죽하면 그들이 개입했다면 삼십 년 전 혈사의 승패가 달라졌을 거라는 말이 나돌았을까.

그런 거물들이 여섯 명이나 갑자기 하늘에서 뚝 떨어질 수는 없었다. 그들은 이미 오래전부터 자신들의 무맥을 이으며 존재해 왔던 것이다.

그때 장개산이 말했다.

"한데 왜 이제야 모습을 드러내는 겁니까?"

"처음엔 선대의 유지 때문이었네. 이적명의 무맥이 살아 있는 한 어떠한 경우에도 강호에 모습을 드러내지 말라는 유지가 대를 이어져 왔지. 그러다 백여 년이 흘러 애뇌산에 있던 제종산문이 갑자기 증발해 버리는 사건이 있었네. 이후 일곱 무맥의 후예들은 제종산문의 흔적을 찾아 심산을 뒤졌지만 끝내 찾지 못했어. 제종산문의 무맥이 사라졌다는 증거 또한 없었지. 그렇게 세월이 흐르면서 과거의 기억들도 조금씩 잊혀갔네. 그러다 삼백 년이 흐른 어느 날, 일곱 무맥 중 네 번째 무맥을 이었던 내가 광동의 어느 울창한 산속에서 마침내 제종산문의 제자를 만났네. 바로 자네의 사부였지."

"……!"

"한데 그는 아무것도 몰랐네. 자신의 뿌리가 어디서부터 시작되었는지, 그 옛날 제종산문을 일으킨 조사가 어떤 인물이었는지. 심지어 자신이 익힌 무예가 마공이라는 것조차 몰 랐지. 그가 아는 것이라곤 심산을 떠나지 말라는 선대의 유지 뿐. 게다가 그의 무예는… 나의 일초식도 받아내지 못할 만큼 형편없었네."

사부를 폄하하는 말에 장개산의 주먹 쥔 손이 부르르 떨렸 다. 빙소소가 가만히 손을 뻗어 장개산의 손을 따뜻하게 잡아 주었다.

무슨 일이 있더라도 나만은 당신을 믿어주겠다는 뜻이었 다. 무슨 일이 있더라도 당신의 편이 되어 주겠다는 말이었 다. 장개산은 불같이 끓어오르던 분노가 조금은 가라앉는 것 같았다.

후동관의 말이 이어졌다.

"제종산문의 무예는 이미 오래전에 삼류로 전락해 버린 상 태였네. 갑자기 애뇌산을 떠나 증발해 버린 것도 그걸 감추기 위해서였겠지."

"왜 갑자기 그런 일이 일어난 거죠?"

빙소소가 물었다.

그녀는 장개산이 후동관과 직접 대화를 하면 또다시 치밀 어 오르는 분노를 참지 못할까봐 서둘러 끼어들었다.

"갑자기가 아닐세. 제종산문의 무예는 처음부터 조금씩 약 해지고 있었던 걸세. 그러다 백여 년이 흘러 애뇌산을 떠날 무렵에는 나머지 일곱 무맥을 상대할 수 없을 지경에 이르렀지."

"이유가 무엇인가요?"

"마성을 제거한 탓일세."

"……?"

"돌이켜 보면 그건 처음부터 예견된 일이었네. 무슨 이유에선지 모르나 이적명은 애뇌산에 뿌리를 내리는 순간부터 혈제로부터 전수받은 무학에서 마성을 제거하기 위해 자신만의 수련법을 만들었네. 반룡십팔수는 본래 부법이 아니라 검법이었네. 혈제의 방식대로라면 인간의 두개골을 쪼개면서 수련해야 하지. 단 일검에 모든 것이 끝나 버리는 무시무시한 검공. 하지만 이적명은 나무를 선택했지. 자네의 사부와 그 사부의 사부가 나무꾼으로 전락해 버린 이유가 거기에 있네. 제아무리 혈제의 무공이라 할지라도 마성을 제거해 버리면 더는 혈제의 무공일 수 없었던 게지."

"왜… 입니까?"

다시 장개산이 끼어들었다.

극악의 마공을 사람답게 만들었는데 이유가 있을까?

그래도 '왜' 라는 질문이 저도 모르게 나온다.

그토록 강한 검공이라면 포기하기가 쉽지 않았을 것이 아닌가. 그게 사람이다. 그게 무인이다. 그게 장개산이 천일유수행을 하면서 깨달은 인간의 내면 깊숙한 곳에 자리 잡고 있는 어두운 속성이다.

"나도 궁금했네. 천하를 호령할 힘을 손에 넣고서도 그는 어찌하여 한낱 나무꾼의 삶을 살았을까? 왜 이렇게 될 줄 알면서도 마성을 제거하려 했을까?"

"무인의 길을 간다고 모두가 군림천하를 꿈꾸는 건 아닙니다."

"그건 범부들의 얘기. 일단 천하를 굽어볼 수 있는 힘을 얻게 되면 세상을 보는 시각이 달라지지. 자네도 방금 내게 왜냐고 묻지 않았던가? 설마 자네는 그렇지 않지만 그 사람들이 포기를 한 이유는 이해가 되지 않는다는 말은 아니겠지? 그렇다면 그것이야말로 위선일세."

"……!"

장개산은 말문이 막혔다.

맹세코 단 한 번도 군림천하를 꿈꿔 본 적 없었다. 심지어 천일유수행조차도 사부의 강권에 못 이겨 억지로 시작했다. 한데 자신의 마음속에 그런 욕망이 있었단 말인가? 정말로 천하를 호령할 만한 힘을 얻게 되면 세상을 보는 시각이 달라질까?

설사 그렇다고 해도 한 가지는 자신이 있었다.

"제 마음속에 저조차도 모르는 욕망이 존재하는지는 모르겠습니다. 하지만 세상을 피로 물들여서까지 천하를 얻고 싶은 생각은 추호도 없습니다."

"삼백 년 전 이적명도 자네와 같은 생각이었을 걸세. 그의 제자도, 그 제자의 제자도, 그리고 자네의 사부도 그랬겠지. 이제와 생각해 보면 제종산문은 무맥을 이은 게 아니라 사람을 이은 것 같군."

후동관은 조용히 미소를 지었다.

마치 오랜 시간 풀지 못한 의문을 이제야 비로소 풀었다는 듯.

많은 의문이 풀린 것은 장개산 역시 마찬가지였다.

사문이 어찌하여 울창한 애뇌산을 떠나 이산 저산 옮겨 다니는 처지가 되었는지, 어찌하여 속세와의 연을 끊다시피 하며 나무꾼의 삶을 살았는지. 어찌하여 삼백 년의 역사를 지녔음에도 불구하는 아는 사람 하나 없는 문파가 되었는지.

"사부님을 외팔이로 만든 사람이 당신이었군요."

"그렇네."

"왜 살려주셨습니까? 당신의 말대로라면 사부님의 목숨을 거두는 일은 파리를 잡는 것만큼이나 쉬웠을 텐데."

"만약 그때 만약 자네의 사부를 죽였다면 자네와 같은 괴물이 튀어나오지도 않았겠지? 왜 그랬는지 묻는다면 내 대답은 이걸세. 나도 잘 모르겠네."

후동관은 잠시 사이를 두었다가 한마디를 덧붙였다.

"어쩌면 모든 게 처음부터 정해진 운명이었는지 모르겠다는 생각이 드는군."

"벽사룡도 알고 있습니까?"

"아마도."

금화선부에서 마지막 싸움을 벌이기 직전 후동관과 마중영이 제종산문을 알아보았을 때 벽사룡은 오히려 아는 곳이냐고 되물었다. 후동관의 말이 사실이라면 그는 자신이 아는 사실을 숨겼다는 말이 된다. 왜 그랬을까?

"청화부인은?"

"나를 이곳에 보낸 사람이 그녀일세."

"청화부인이 아는데 벽사룡은 어찌하여 모른 척한 것입니까?"

"그 옛날 자신들의 무맥을 압도하는 또 다른 무맥이 존재했다는 사실을 인정하고 받아들일 수 없었겠지. 그 모녀는 신정한 존재들이니까."

"무슨 뜻입니까?"

"아직도 모르겠나? 대망혈제회(大蟒血弟會)의 혈제(血弟)는 삼백 년 전의 그 이름이라네. 청화부인은 바로 그 이름을 앞세워 천하를 도모하려는 것이고."

"그녀 역시 여덟 무맥 중 하나입니까?"

"그렇네. 그녀는 이적명을 제외하면 가장 강했던 인물 가마륵의 절기를 이은 백선검노의 숨겨둔 딸일세. 어려서부터 총명함이 지나친 나머지 모두가 어른이 될 그녀를 두려워했지."

청화부인이 여자라는 이유만으로 대망혈제회를 움직이는 진짜 회주가 따로 있을지도 모른다는 생각을 했었다. 하지만 그런 생각은 애초에 방향이 어긋난 것이었다. 누가 진짜 회주일까가 아니라 청화부인의 내력이 어떤 것이었는지를 살폈어야 했다.

청화부인은 삼십 년 전의 혈사가 있은 후 흩어져 있던 혈제의 후예들을 하나로 모았고, 벽사룡이라는 괴물을 탄생시켰다. 남편의 죽음을 발판삼아 선대의 오랜 꿈이던 천하를 도모하려는 것이다.

후동관의 말이 다시 이어졌다.

"이적명이 마성을 버린 반면, 가마륵은 오히려 마성을 더욱 깊이 파고들었지. 백선검노에 이르러 마성은 극에 달했네. 그런 노력은 결코 헛되지 않아서 일흔 살에 이르러 그는 제종산문을 제외한 나머지 여섯 무맥을 찾아 모두 무릎 꿇게 만들었네. 그리고 일대에 걸친 충성의 맹세를 받아냈지."

이제야 벽사룡이 오래전에 죽은 백선검노의 무예를 익힐 수 있었던 이유를 알겠다. 벽사룡은 백선검노로부터 백선류를 전수받은 것이 아니라 그의 어머니 청화부인으로부터 전수받은 것이다.

"하지만 청화부인조차 일곱 무맥을 모두 이은 벽사룡의 잠력(潛力)에 비하면 조족지혈에 불과하네. 단언컨대 대법(大法)이 성공적으로 이루어진다면 벽사룡은 하늘 아래 최강의 인간이 될 걸세. 삼백 년 전 혈제가 다시 세상에 모습을 드러내는 것이지. 하늘 아래 오직 홀로 존재하는 천상천하 유아독존의 인간 말일세."

"대법은 또 무엇이죠?"

빙소소가 물었다.

"정확한 이름은 혈마제혼대법(血魔魂製大法). 보름달이 뜨는 밤, 방원 백여 장의 공간에 삼백예순다섯 종의 독물을 부어놓고 신과 만나는 일종의 사술이지."

"혹시… 그 대법이 독수광의와 관련이 있나요?"

빙소소의 표정이 갑자기 굳어졌다.

삼백예순다섯 종의 독물이라는 대목에서 느닷없이 독수광의가 떠올랐기 때문이다. 하늘 아래 그만한 독을 다룰 수 있는 사람이라면 독수광의밖에 더 있겠는가.

"바로 보았네. 혈마제혼대법 삼십여 년 전 독수광의가 처음 생각해낸 것이라네. 하지만 엄청난 양의 독물을 필요로 하는 데다 성공 여부가 불투명했기 때문에 이론상으로만 존재했지. 그러다 청화부인을 만났고, 삼십여 년이 흐른 후 그의 머릿속에만 존재하던 대법은 기어이 현실에 모습을 드러내고 말았네."

"일부러 독수광의에게 접근했다는 말인가요?"

"나는 그럴 것이라고 짐작하네."

"하면 청화부인이 동정호에서 상왕의 아들을 만난 것도, 그리하여 수만의 사마외도와 백도무림인들이 십 년 동안이나 전쟁을 방불케 하는 싸움을 벌인 것도 모두 예정된 일이었다는 건가요?"

"여러 가지 돌발적인 변수는 있었겠지. 하지만 결과는 크게 달라지지 않았을 걸세."

십 년 동안 수만 명이 죽어갔다.

지금까지는 그 원인을 제공한 사람은 상왕이라고 생각했었다. 그가 하나뿐인 아들의 죽음에 격분한 나머지 전 무림인들을 동원한 때문이라고.

하지만 후동관의 말을 듣고 보니 진짜 원흉은 따로 있었다. 청화부인, 이 모든 건 그녀의 머릿속에서 나온 계획 때문이었다.

그녀는 대체 왜 그토록 어마어마한 전쟁을 일으켰을까? 삼십 년 후, 대륙 전역에 퍼져 있는 사마외도들을 하나로 묶을 강력한 명분이 필요했기 때문이다.

섬뜩한 야망이지 않은가.

빙소소는 모골이 송연해졌다.

"왜 대법을 진작 펼치지 않은 겁니까?"

다시 장개산이 물었다.

"삼백예순다섯 번째 독물을 구하지 못해서지."

"그게 무엇입니까?"

"사흘 안에 죽은 일천 구의 시체, 그 시체의 단전에서 뿜어져 나오는 시기(屍氣)라네. 그리고 마침내 손에 넣었지."

"섬서무림인들……!"

빙소소의 입에서 비명이 터져 나왔다.

일천 구의 시체를 한꺼번에 정상적으로 구할 수 있는 방법은 없다. 청화부인은 바로 그것을 구하기 위해 섬서무림인들을 금화선부로 불러들였고 전쟁을 일으킨 것이다.

그녀가 하는 일엔 어느 것 하나 예사로운 것이 없었다.

하나의 일엔 반드시 이중삼중의 안배가 있었고, 그런 안배들은 하나같이 전 무림이 들썩거릴 만큼 엄청난 것들이었다. 백도무림인들은 그런 여자를 적으로 두었다. 빙소소는 잠깐 사이에도 몇 번이나 소름이 끼치는 경험을 했다.

"이 모든 것들을 말해주는 이유가 무엇입니까?"

장개산이 마지막으로 물었다.

어쩌면 가장 핵심적인 질문이었다.

후동관은 잠시 침묵하더니 말했다.

"비록 백선검노를 넘어서진 못했으나 나 역시 혈제의 여덟 무맥 중 하나, 평생 군림천하를 꿈꾸며 살았지. 하지만 그러기에는 이미 늦은것 같군. 해서 자네라도 군림천하 할 수 있도록 도와주고 싶네."

"제 말을 무엇으로 들은 겁니까? 전 꿈에도 군림천하 할 생각이 없습니다."

"자넨 군림천하가 무엇이라고 생각하는가?"

장개산은 말문이 막혔다.

한 번도 생각해 본 적 없는 군림천하를 어떻게 말할 수 있을 것인가. 대답은 후동관이 했다.

"한때는 세상 어느 누구의 눈치도 보지 않고 홀로 존재하는 것만이 군림천하라고 생각했지. 그러려면 반드시 세상을 정복하고 사람들에게 공포를 심어주어야 했네. 그래야 무릎을 꿇고 복종할 테니까."

"……?"

"하지만 이제는 생각이 달라졌네. 진정한 군림천하는 모든 사람들이 나를 우러러 스스로 무릎을 꿇게 만드는 것일세. 존경과 두려움을 담아서. 어리석게도 난 그걸 뒤늦게 깨달았네."

"거듭 말하지만 저와는 아무런 상관이 없는 일입니다."

"천만에, 자네는 이미 군림천하의 길을 가고 있네."

한 번도 그런 생각을 해본 적 없다.

단지 빙소화의 삶을 짓밟아 버린 야신을 죽이고 그 배후를 찾아 징치하고 싶었을 뿐. 그게 사실은 군림천하의 길이었다는 후동관의 말 역시 동의할 수 없었다. 하지만 그가 무슨 말을 하려는 건지는 어렴풋이나마 알 것 같았다.

"그래서 어떻게 돕겠다는 겁니까?"

"내 무맥을 잇게."

정말 꽉 막힌 늙은이가 아닌가.

비록 이름을 떨치지는 못했을지언정 누구에게나 떳떳한 문파라고 자부하며 살았다. 그런 사문의 무학이 엄청난 대마두에게서 뻗어 나온 것 중 하나라는 사실만으로도 충격을 금할 길이 없었다.

한데 그런 맥을 하나 더 이으라고?

후동관의 후안무치함과 뻔뻔함에 장개산은 실소를 흘렸다. 어떻게 보면 조롱으로 받아들일 수도 있는 일, 하지만 후동관은 일말의 동요도 없었다. 마치 너는 나의 제안을 받아들일 수밖에 없을 거라는 듯.

"모르는 것 같네만, 여긴 창산으로부터 백여 장 아래에 위치한 지저빙호일세. 자네에겐 여길 빠져나갈 방도가 있는가?"

"들어오는 방법이 있다면 나가는 길도 있겠지요."

"동혈을 생각하는 것이라면 포기하게. 벽사룡이 마지막 순간에 펼치고 떠난 천류지장(千流之掌)은 산을 쪼개는 장법, 단순히 동혈이 무너진 게 아니라 창산의 암맥이 무너진 것일세. 자네가 제아무리 괴력을 지녔다고는 하나 산을 들 수는 없는 법. 만약 시간이 얼마가 걸리든 바위를 하나씩 빼낼 생각이라면 그것 역시 버리게. 천류지장이라는 이름에서도 알 수 있거니와 동혈을 지나는 창산의 암맥은 지금 천 갈래로 금이 가 있는 형국이네. 잘못 건드리면 산이 무너질 걸세."

"다른 방법이 있다는 뜻으로 들리는군요."

"방법은 호수를 통해 빠져나가는 것밖에 없네."

"무슨… 뜻입니까?"

"공동이 물로 가득 차지 않는 걸 보면 호수의 바닥 어딘가에 바깥으로 흘러가는 물줄기가 있을 걸세. 수천 년을 흘렀을 것이니 사람 하나 통과할 정도의 넓이는 될 거라고 보네만."

"그 물줄기가 어디로 통할 줄 알고요."

"창산의 서남쪽에 작은 빙천(氷川)이 있지. 한여름에도 발을 담그기 어려울 정도로 차가운 강인데 그곳에서 가끔 다른 곳에서는 볼 수 없는 기이한 물고기가 잡힌다고 하더군. 내 짐작이 틀리지 않다면 빙호의 물 중 일부가 그리로 흐르는 것 같네."

"거리가 얼마나 됩니까?"

"그건 나도 모르네."

"뭔가 착각을 하시는 것 같은데 전 물고기가 아니라 인간입니다. 거리가 얼마나 될지도 모르는 물길을 무슨 수로 헤엄쳐 간다는 겁니까? 믿기 힘드시겠지만 전 물속에서 일각도 버티지 못합니다."

"그건 금제를 깨지 못했을 때의 얘기지."

"뭐라고… 하셨습니까?"

"자네가 알고 있는 제종산문의 대통법(大通法)은 대지에 가득 찬 기운들을 받아들여 탁기를 씻어내는 호흡법이 아닐세. 오히려 그 반대지. 대통법은 제종산문의 무맥 깊숙한 곳에 전해져 오는 마성을 억누르기 위한 금제일세."

호흡법인 줄 알고 십 년 넘게 수련한 대통법이 마성을 억누르기 위한 금제였다니. 명색이 무림문파의 호흡법인데 어찌하여 물속에서 일각도 버티지 못했는지. 그나마 오로지 그것만 수련케 했는지, 불같이 화가 치밀어 오를 때마다 대통법을 시작하면 저도 모르게 마음이 가라앉았는지 이제야 이유를 알 것 같았다.

"한데 그 금제가 깨졌단 말입니까?"

"그렇네."

"언제……?"

"내가 묻고 싶군. 빙호에 빠져 있는 사이 속에서 무슨 일이 있었던 건가?"

"……!"

심연 속에서 사경을 헤맬 때 보았던 그 괴수. 자신의 내면에 도사리고 있던 그 괴수가 바로 혈제가 숨겨둔 마성의 흔적이었다. 내면의 본성과 마주하고 난 후 금제가 깨진 것이다.

자신도 몰랐던 일을 후동관이 어떻게 알아차렸는지는 중요하지 않았다. 중요한 것은 그의 말이 사실이라는 점이었다. 분명 장개산은 자신의 깊은 곳에서 예전과는 비교도 할 수 없는 힘으로 꿈틀거리는 무언가를 느끼고 있었다.

"그렇다면 더더욱 귀하의 무맥을 이을 이유가 없군요. 이미 금제를 깬 물속에서도 오랜 시간을 버틸 수 있는 터에 내가 왜?"

"설마 혼자 나갈 생각은 아니겠지?"

"……!"

잠시 무거운 침묵이 흘렀다.

지금까지 후동관은 장개산이 아니라 빙소소를 염두에 두고 말을 했던 것이다. 장개산은 발끝에서부터 시작해 전율이 온몸을 타고 오르는 걸 느꼈다.

백도무림을 대표하는 북검맹, 그 북검맹의 한 축을 당당히 담당하고 있는 포검문의 후예에게 고금을 통틀어 적수가 없었다는 대마두 혈제의 무맥을 이으라고? 이건 절대로 있을 수 없는 일이다. 하지만 그걸 익히지 않으면 그녀는 살아서 이곳을 나갈 수가 없다.

장개산과 후동관은 약속이나 한 듯 빙소소를 바라보았다. 잠시 두 사람을 번갈아 바라보던 빙소소가 펄쩍 뛰며 말했다.

"미쳤어요? 이 자리에서 칼을 빼 물고 고꾸라질지언정 그런 일은 절대로 없을 거예요!"

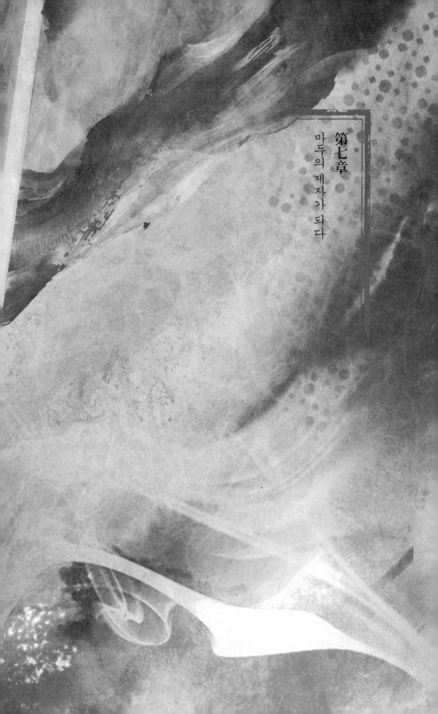

第七章
마두의 제자가 되다

지저빙호에서는 시간의 흐름을 알 수가 없었다. 한 시진이 지났는지 한나절이 지났는지, 심지어 지금이 밤인지 낮인지조차 구분이 안 되었다. 마치 시간이 그대로 멈춘 상태에서 지저빙호라는 공간만 존재하는 것 같았다.

하지만 시간은 분명히 흘렀고, 그걸 알아야 했다. 자신들이 이곳에 갇혀 있는 동안에도 대망혈제회는 검은 야욕을 드러내고 있을 테니까.

시간의 흐름을 안다고 해서 딱히 놈들의 행보를 막을 방법이 있는 것은 아니었지만, 그래도 최소한 덜 불안하지 않겠는가.

빙소소는 대망이 부순 석순 중에서 꼭대기가 오목한 것을 찾았다. 그런 다음 석종유석을 따라 떨어지는 물방울 아래 모래톱에 석순을 박아 두고는 시간의 흐름을 측정했다. 석순의 오목한 부위에 물이 가득 차면 대략 일각 정도가 될 것 같았다.

물론 정확한 건 아니었다.

장개산은 석순의 물을 네 번이나 비워서야 비로소 빙호의 수면 위로 모습을 드러냈다. 무려 한 시진이나 저 지독한 빙호 속에서 숨을 참으며 견딘 것이다.

이로서 금제를 깼다는 후동관의 말이 사실로 입증되었다. 그의 내면에 잠재되어 있던 혈제의 무학은 대체 얼마나 강한 것일까?

잠시 후, 후동관이 했던 말 중 또 하나가 입증되었다.

"그의 말이 맞았소. 호수의 물이 빠져나가는 길이 있소."

장개산이 물 밖으로 나오면서 한 말이었다.

"어디에 있죠?"

"여기서 백여 장 정도 떨어진 또 다른 호수 바닥에."

"또 다른… 호수라고요?"

"우리가 보고 있는 건 빙산의 일각이오. 믿기 어렵겠지만 호수 아래에 여러 방향으로 뚫린 커다란 동혈이 있소. 동혈들은 모두 또 다른 호수들과 연결되어 있었소."

"호수들이라고요?"

점입가경이다.

또 다른 호수가 존재한다는 사실만으로도 놀라운데 그게 하나가 아니란다.

"우리가 보고 있는 건 빙산의 일각이오. 이 호수를 주변으로 세 개의 크고 작은 호수들이 물길을 공유하며 얽혀 있소. 그 중 하나는 이곳의 두 배가 될 정도로 컸지."

빙소소는 장개산이 이토록 늦게 나온 이유를 뒤늦게 알아차렸다. 그는 세 개의 호수를 모두 뒤졌던 것이다. 그렇다면 한 시진 동안 숨을 참을 일도 없었다. 그러다 퍼뜩 스치는 생각이 있었다.

"다른 곳에도 폭포가 있었나요? 동혈은요?"

장개사는 고개를 절레절레 흔들며 말했다.

"없소, 호수로 유입되는 물줄기는 이곳에 있는 폭포가 유일했소. 마른 동혈 또한 없었고."

기대가 크면 실망도 큰 법이다.

빙소소는 땅이 꺼져라 한숨을 쉰 후 말했다.

"또 다른 호수 바닥에 있다는 동혈은 어땠나요?"

"오른쪽 절벽 아래를 따라 십여 장쯤 내려가다 보면 옆으로 뚫린 동혈이 있소. 작았지만 사람 한 명은 충분히 들어갈 수 있는 크기였소."

"그렇다고 해도 그 동혈이 어디로 이어졌는지는 알 수가 없잖아요. 시간을 두고 미리 길을 살펴 본 다음에 행동으로 옮기는 게 낫지 않을까요?"

"그럴 수가 없소."

"왜죠?"

"빙호의 수압 때문인지 물살이 상상도 못할 만큼 거세오. 한번 들어가면 다시는 거슬러 오를 수 없소. 빙호의 물고기들조차 동혈 주변엔 얼씬 않더군."

빙호로 들어가기 전 장개산은 이미 벽사룡이 무너뜨리고 간 석벽을 살폈었다.

창산이 통째로 무너질지도 모른다는 후동관의 말은 거짓이 아니었다. 동혈을 중심으로 한 거대한 암맥 전체가 쩍쩍 금이 가 있었던 것이다.

남은 호수 아래에 있는 동혈을 통해 빠져나가는 수밖에 없었다. 하지만 그것은 너무나 위험한 방법이었다.

"그럼 어떡하죠?"

"둘 중의 하나요. 빙호의 물고기를 잡아먹고 살면서 또 다른 방법을 찾아보든지, 아니면 방금 내가 본 동혈을 통해 빠져나가든지."

"또 다른 방법이 있을까요?"

"있을 거요. 분명히. 정 안 되면 위험을 무릅쓰고 동혈의 돌덩이들을 치우며 조금씩 전진하는 방법도 있고."

"하지만 시간이 걸리겠죠."

"그렇소."

"얼마나 걸릴까요?"

"한 달? 두 달? 나도 모르겠소."

"그렇게 오랜 시간 여기서 지낼 순 없어요."

장개산 역시 동감이었다.

이곳의 환경이 척박해서가 아니었다.

서둘러 나가지 않으면 대망혈제회가 온 강호를 휩쓸어 버리는 걸 두고만 보아야 한다. 장개산은 입장이 또 달랐다. 대망혈제회를 상대로 싸우는 사람들 중에 최소한 피를 나눈 형제들은 없지 않은가.

설강도를 비롯해 흑풍조의 벗들이 있기는 했지만, 그들은 무인의 운명을 타고 났기에 어쩌면 싸움은 숙명일지도 몰랐다.

하지만 빙소소는 달랐다.

그녀는 바깥세상에 사문과 가족이 있었다.

무슨 수를 써서라도 그들을 지키고 구해야 했다.

"후자라면 마공을 익혀야겠죠?"

"그렇소."

"제가 어떻게 했으면 좋겠어요?"

"그건 소저가 판단할 일이오."

"장 소협 혼자 나가는 방법도 있어요."

"그게 소저의 결정이오?"

"마인이 되느니 차라리 빙호의 물귀신이 되겠어요."

"됐소. 그 얘긴 이제 끝난 걸로 합시다."

"제 뜻대로 하시는 건가요?"

"나도 남겠소."

"왜……?"

"혼자 무얼 먹고 살 생각이오?"

"저거면 십 년은 끄떡없을 걸요."

빙소소가 대망을 가리키며 말했다.

"다른 호수에서 몰려 왔는지 수천 마리의 물고기 떼가 대망의 비늘 사이를 파고들어 살점을 뜯어 먹고 있소. 벌써 꼬리의 절반이 사라졌소. 이대로라면 열흘 안에 대망은 뼈만 남을 것이오."

저런 덩치의 대망을 키워낸 호수다.

세 개의 호수가 물길이 얽혀 있다고 했으니 모두 합치면 수천 마리가 아니라 수십만 마리는 있을 것이다.

"대망의 고기가 떨어지고 나면 어쩔 수 없이 물고기를 잡아먹고 살아야 하오. 다행히 물고기는 지천으로 널려서 시간에 구애받지 않고 얼마든지 충당할 수 있을 것이오. 하지만 지금 소저의 무공으로는 빙호의 물속에서 반각도 버틸 수 없소. 나와 함께 빙호의 물고기를 잡아먹고 살면서 다른 방법을 강구해 봅시다."

"그러다 영영 나가지 못하면요?"

"두렵소?"

두렵냐고?

천만에, 당신과 함께라면 이보다 더 깊은 무저갱도 견딜 수 있다 말하고 싶었다. 하지만 그럴 수 없었다. 장개산을 이곳에 붙잡아 두는 건 절대로 안 된다. 자신은 크게 도움이 안 되겠지만 지금 무림은 장개산을 반드시 필요로 했다.

"당신은 나가야 해요. 벽사룡이, 대망혈제회가 무림을 피로 물들이는 걸 막아야 한다고요."

"난 영웅이 아니오. 나 혼자 발버둥친다고 구할 수 있는 무림도 아니고. 설혹 내가 구할 수 있는 무림이라면 다른 누군가도 얼마든지 하겠지. 하지만 소저는 내가 반드시 필요하오. 절대로, 이렇게 어둡고 습한 곳에서 혼자 쓸쓸히 죽어가도록 내버려 두지 않을 것이오."

빙소화 얘기다.

장개산은 지금 자신을 통해 빙소화를 구하지 못했던 일을 떠올리고 있는 것이다. 함께 있어 주겠다는 배려에도 불구하고 빙소소는 가슴 한쪽이 아려왔다.

장개산은 이미 결정을 내린 듯 참마검을 들고 호수의 가장 자리로 가 대망의 배를 가르기 시작했다.

비늘 사이에 검을 쑤셔 넣고 손을 움직이자 그 단단한 비늘이 떨어져 나가며 살점이 드러났다.

그는 얼어붙은 살점들을 얇게 도려내 하나씩 바위에 널었다. 마치 물고기들이 다 뜯어먹기 전에 식량을 준비해 두겠다는 듯.

빙소소는 천천히 자리에서 일어났다.

그러곤 종유석에 기대어 앉은 채 자신들의 대화를 묵묵히 듣고 있던 후동관에게 다가갔다. 대망의 피가 효험이 있었던지 그의 안색은 어느새 제법 맑아져 있었다.

장개산이 대망의 고기 자르는 손을 멈추고 빙소소를 바라보았다. 후동관도 숙였던 고개를 천천히 들었다.

"얼마나 걸릴까요? 당신의 무공을 모두 전수받는 데."

"난 육십 년을 수련했네."

"알다시피 전 그렇게까지 수련할 수는 없어요."

"내 요대(腰帶)를 풀게."

아무리 노인이라고는 하나 방년의 처녀에게 사대의 요대를 풀라니. 빙소소는 수치심과 모멸감에 두 눈을 치켜떴다.

"내겐 시간이 많지 않다네."

후동관이 나직하게 재촉했다. 그의 부드러운 음성에서 다른 뜻이 없음을 알아차린 빙소소는 조심스럽게 다가가 요대를 풀었다.

한데 요대가 어딘지 이상했다.

일반적으로 무림인들이 사용하는 요대는 비단 폭이나 질긴 소가죽을 이용해 만든다. 그래야 허리에 가해지는 힘을 견디고 병기도 패용할 수 있기 때문이다. 그런데 후동관의 요대는 비단폭도 가죽도 아닌 유지(油紙)를 여러 겹으로 접어 만든 것이었다.

"펼쳐 보게."

후동관의 말에 따라 접힌 유지를 조심스럽게 펼쳤다.

그러자 어지간한 탁자를 덮고도 남을 만큼의 큰 종이가 모습을 드러냈다. 그곳에 갖가지 모양의 도해와 숫자와 글자가 개미 발자국 같은 세필(細筆)로 빼곡하게 적혀 있었다. 그리고 꼭대기라고 할 수 있는 가장 끄트머리에 다른 것들보다 조금 굵은 글씨로 세 글자가 씌어져 있었다.

마염인(魔染刃)

"나는 혈제의 여덟 맥 중 네 번째 무맥인 도법을 이었네. 단 한 가지 무공을 익히는 데 무려 육십 년의 세월이 걸렸지.

그러고서도 구성까지밖에 익히지 못했어. 만약 내가 마염인을 대성했다면 지금 청화부인의 자리는 내 것이 되었을 거라고 확신하네."

"당신이 평생 바쳐도 대성하지 못한 무공을 지금 절더러 익혀서 여길 빠져나가라는 말은 아니겠죠?"

"뒷면을 보게."

빙소소는 시키는 대로 유지를 뒤집어 보았다.

그러자 요대로 만들어 허리에 찼을 때 보이지 않는 위치에 또 다른 도해와 글씨가 빼곡하게 나타났다. 그 역시 위쪽에는 무공의 이름으로 짐작되는 네 글자가 조금 더 굵은 글씨로 쓰여 있었다.

주반심공(週返心功)

"이건 또 뭐죠?"

"마염인을 펼치기 위한 내공심법일세."

"이것도 익혀야 하나요?"

"주반심공을 익히지 않는다면 마염인은 한낱 범부의 칼질과 다를 바가 없네. 참고로 혈제의 여덟 무맥은 모두 동일한 내공심법을 익혔네. 이른바 본령 같은 것일세. 삼백 년 전 이 적명은 이 내공심법을 대통법으로 바꾸는 바람에 오늘날 제종산문이 삼류로 전락하고 말았지."

그 말은 곧 주반심공에 마성이 집적되어 있다는 말과도 같다. 이적명은 혈제의 무학에서 마성만을 제거했다고 했으니까. 이적명조차 두려워 제거했던 마성을 자신이 익혀야 한다는 말에 빙소소는 머릿속이 아득해졌다.

"뭔가 착각하시는 것 같은데 전 당신이나 벽사룡 같은 천재가 아니에요. 아무리 용을 쓰고 발버둥을 쳐도 두 가지를 한꺼번에 익힐 수는 없어요. 그러려면 전 여기서 당신처럼 늙어 죽어야 할 거예요."

"우선 주반심공의 구결들을 모두 외우게. 그걸 내 앞에서 완벽하게 암기해 보이면 격체전공(隔體傳功)을 통해 내공을 모두 넘겨주겠네. 그리고 세상 밖으로 나가면 마염인을 익힌 다음 또 다른 누군가를 제자로 삼아 대를 잇게 해주겠다고 맹세하게."

후동관은 목숨이 경각에 이르자 자신을 징검다리 삼아 대가 끊어지지 않도록 하려는 것이다. 빙소소는 그가 조금은 측은하게 느껴졌다. 마인도 결국엔 일맥의 전승자였던 것이다.

하지만 그런 생각도 잠시, 빙소소는 눈앞에 닥친 문제에 정신을 집중했다.

대저 병기공과 내공심법은 하나의 짝을 이룬다.

보다 정확하게 말을 하자면 내공심법을 통해 단전에 축기된 공력 바탕으로 그것을 가장 효율적으로 발출할 수 있는 병기공이 만들어진다.

이는 고절한 무예일수록 그러한데, 만약 동류(同流)의 무공을 수련한 사람이 강하다는 이유만으로 또 다른 내공심법을 익힌다면 수련 도중에 주화입마에 빠질 수도 있다.

동류의 무공을 수련하고도 그럴진대, 하물며 포검문의 정공을 익힌 자신의 몸이 어떻게 혈제의 무맥을 이은 후동관의 내공을 받아들일 수 있을 것인가. 빙소소는 아연실색했다.

"그건 상리(常理) 벗어난 일이에요."

"나를 믿게. 성공만 한다면 자네는 단숨에 이 갑자의 내공을 지닌 초절정 고수가 될 걸세."

"어떻게… 그게 가능하죠?"

"마공이니까. 마공은 본래 상리를 벗어나기에 마공이라 부르는 거라네."

*　　　*　　　*

본격적인 지저빙호에서의 생활이 시작되었다.

장개산은 대망의 지낭에서 짠 기름으로 불을 밝혔고, 놈의 고기를 잘라 식량으로 삼았다. 다행스럽게도 놈의 지낭엔 이따금 고기를 구워 먹을 수 있을 정도로 기름이 넉넉했다.

대망의 고기가 물리면 빙호로 들어가 정체 모를 물고기를 잡아먹었다. 투명한 모습과 달리 놈의 물고기는 정말 맛이 있었다.

한 가지 아쉬운 점이라면 놈의 뼈였다.

일반적으로 물고기의 뼈는 익히기만 하면 먹어도 좋을 만큼 연하고 부드러운 법인데, 이놈의 그것은 어찌된 영문인지 쇠못보다 단단한데다 말도 못할 만큼 뾰족했다. 처음에 겁없이 놈의 뼈를 씹었다가 입천장이 뚫렸을 정도니 더 말해 무엇하겠는가.

아무리 보아도 예사로운 물고기가 아니었다.

어느 날 장개산은 우연히 그 이유를 알게 되었다.

대망의 고기를 얻기 위해 물고기의 뼈로 목덜미를 힘차게 쑤시던 중 그 단단하던 비늘에 구멍이 나 버린 것이다. 처음엔 자신의 눈을 의심했다. 도검으로도 겨우 흔적만 새길 수 있는 대망의 비늘이 한낱 물고기의 뼈에 구멍이 날 리가 없지 않은가.

장개산은 다시 한 번 힘차게 찌르고 나서야 자신이 잘못 본 게 아님을 깨달았다.

물고기는 대망으로부터 살아남기 위해 오랜 세월 스스로 뼈를 단련시켜 온 모양이었다. 그래도 대망의 먹잇감이라는 사실은 변하지 않았겠지만, 최소한 놈을 고달프게는 만들었을 것이다.

창산 아래, 인적이 닿지 않은 지저동굴 속에서 펼쳐지고 있는 자연의 경이로운 질서 앞에서 장개산은 절로 숙연해졌다.

그때부터 물고기뼈의 용도가 달라졌다.

장개산은 놈들의 뼈를 먹는 대신 거칠게나마 구멍을 뚫어 바늘을 만들었다. 그런 다음 대망의 힘줄을 뜯어내 실을 삼고, 가죽을 벗겨 내공으로 물기를 제거한 다음 옷을 지었다.

아무리 깜깜한 지저빙호라고는 하나 빙소소 앞에서 매양 웃통을 벗고 지낼 수는 없지 않은가.

그러고도 남은 시간엔 운기조식을 하며 몸 안에 쌓인 탁기를 몰아내고 진기를 다스렸다.

전날 혁련월과 마중영, 후동관에게 당한 부상은 빠른 속도로 아물어져 갔다. 그와 동시에 몸 구석구석엔 전날과는 비교도 할 수 없는 활력이 솟구쳤다.

역발산기개세(力拔山氣蓋世), 그야말로 산이라도 뽑을 수 있을 것 같았다. 하지만 장개산은 자신이 마귀와 인간의 경계에 서 있음을 한시도 잊지 않았다.

장개산이 그렇게 시간을 보내는 동안 빙소소는 빙호의 구석진 곳에 마련된 공간에서 주반심공의 구결을 외우는 데 전력을 쏟았다.

일천 자로 이루어진 구결은 단순히 진기의 운용만을 나타내는 게 아니었다.

거기엔 음양오행의 이치가 들어있고, 또한 그것을 거슬러 잠력을 극한으로 이끌어 내는 패도적인 무리(武理)가 숨어 있었다.

후동관은 그 모든 것이 깊이 파고들어 가다 보면 결국은 우주의 섭리 안에 존재할 수밖에 없으며, 대자연이 만들어낸 위대한 힘의 법칙의 일부분이라고 했다.

마공이라면 무조건 역천(逆天)의 도(道)라고 생각했던 빙소소에게 후동관의 한마디는 낯설었다. 그렇다고 해서 마공에 대한 인식이 크게 바뀐 것은 아니었다.

어쨌거나 주반심공의 구결은 단순히 일천 개의 글자가 아니었기에 그것을 외우는 것도 쉬운 일이 아니었다. 한 글자만 해석을 달리해도 진기의 운용은 크게 바뀌고, 그로 말미암아 돌이킬 수 없는 결과를 가져올 것이기 때문이다.

흔히 말하는 주화입마다.

정공을 수련하다가 주화입마에 빠져도 불구가 되거나 심

한 경우 목숨을 잃는다. 하물며 마공을 수련하다 만난 주화입마는 어떨 것인가?

죽으면 그나마 다행이다. 만약 죽지 않고 미치광이 살인마가 된다면 결과는 걷잡을 수 없으리라.

물론 그렇게 되지 않기 위해 빙소소는 모든 심력을 쏟아부었다. 그러기 위해선 후동관의 조언이 절대적으로 필요했고, 두 사람은 하루에도 열두 번씩 구석진 곳에서 긴밀한 대화를 나누었다.

빙소소의 수련은 모두가 잠든 후에도 홀로 이어졌다. 그녀는 무언가 의문이 생기거나 막히는 순간이 오면 잠든 후동관을 깨워서라도 반드시 해결을 했다.

그녀가 이렇게 서두르는 데는 바깥에 있는 사람들이 걱정된 탓도 있었지만, 그보다는 후동관에게 시간이 얼마 남지 않았음을 알았기 때문이었다. 그즈음 그는 하루 종일 누워 있어야 할 정도로 기력이 쇠했다.

그는 죽어가고 있었다.

아니, 진즉에 죽었어야 했다. 다만 장개산과 빙소소로서는 알 수 없는 어떤 미지의 힘을 끌어내 가까스로 생명을 이어가고 있었을 뿐. 그 힘의 원천이 마기(魔氣)임은 말할 것도 없다.

며칠이 지났는지 모를 어느 날 빙소소는 마침내 주반심공의 모든 구결을 후동관이 지켜보는 앞에서 완벽하게 이해하고 암기했다. 기어이 주반심공을 익힌 것이다.

"옷을 모두 벗고 돌아서 앉게."

후동관이 말했다.

"예?"

빙소소는 깜짝 놀라 되물었다.

"격체전공은 매우 위험한 대법일세. 한 점의 실수도 있어선 안 되네."

빙소소는 마른 침을 꿀떡 삼킨 후 당당하게 말했다.

"어디까지 벗어야 하죠?"

"실오라기 하나 남기지 말고 전부."

장개산도 있고 후동관도 있다.

두 명의 남자가 지켜보는 앞에서 실오라기 하나 남기지 말고 모두 벗으라는데 당연하게 받아들일 여자는 없다. 하지만 빙소소는 자신이 부끄러워하면 할수록 분위기가 어색해진다는 사실을 잘 알고 있었다.

그때 장개산이 다가와 누워 있던 후동관을 일으켜 앉힌 다음 호롱불을 껐다. 이어 모래를 깊숙이 파서 내단도 묻어 버렸다. 한순간 빛이 모두 사라지면서 지저빙호는 칠흑 같은 어둠에 휩싸였다.

빙소는 실오라기 하나 남겨두지 않고 모두 벗고는 미리

보아둔 후동관의 앞에 가서 등을 보이고 앉았다. 소나무뿌리처럼 앙상한 손바닥이 영대혈(靈坮穴)에 찰싹 달라붙었다.

순간 빙소소는 한줄기 거대한 격랑이 봇물 터지듯 흘러 들어오는 것을 느꼈다. 영대혈은 심장에서 가장 가까운 독맥상의 강궁(絳宮)이자 중단전으로 향하는 관문이었다. 눈 깜짝할 사이에 중단전이 불같이 뜨거워졌다.

"정신을 집중하라!"

머리카락이 곤두설 정도로 차가운 음성.

빙소소는 퍼뜩 정신을 차리고 미리 외워둔 주반심공의 구결에 따라 진기를 전신의 혈도로 흘려보내기 시작했다. 왜 실오라기 하나 남겨두지 말고 모두 벗으라고 했는지를 알게 되는 데는 그리 오래 시간이 걸리지 않았다.

시간이 흐를수록 몸이 점점 뜨거워지더니 급기야 김이 모락모락 났다.

흡사 수천 마리의 불지렁이가 혈도를 타고 몸 곳곳을 돌아다니는 듯한 느낌.

빙소소는 저도 모르게 입을 활짝 벌리고 뜨거운 숨을 토해냈다. 이렇게라도 하지 않으면 몸이 통째로 익어버릴 것 같았다.

"함구(緘口)하라!"

후동관의 벼락같은 호통이 터졌다.

놀란 빙소소는 황급히 입을 다물었다.

후동관의 말이 이어졌다.

"입을 통해 빠져나가는 한 모금의 호흡에 십 년의 공력이 깃들어 있다. 몸이 불같이 뜨거운 것은 짧은 시간에 이갑자의 공력을 한꺼번에 불어넣기 때문에 생기는 현상. 지금까지의 노력을 수포로 만들지 않으려면 참고 견디어라!"

그나마 다행인 것은 빙호에서 뿜어져 나오는 한기가 피부의 열기를 식혀 준다는 점이었다.

옷을 입고 있었다면 내부의 열기는 빠져나가지 못하고, 외부의 한기는 들어오지 못함으로써 결국엔 까무러치고 말았을 것이다.

격체전공을 시전하는 동안에 정신을 잃는다는 것은 곧 죽음을 의미했다.

장개산은 어둠 속에서 묵묵히 자리를 지켰다. 사방이 한기로 가득 찬 가운데서도 빙소소가 위치한 곳에서만큼은 뜨거운 열기가 전해지고 있었다.

오직 코로만 쉬는 호흡은 숨소리가 아니라 비명처럼 느껴졌다. 열기와 거친 숨소리만으로도 그녀의 고통이 그대로 전해지는 것 같았다.

눈에 보이진 않지만 빙소소가 뜨거워지면 질수록 후동관

의 몸은 차갑게 식어가고 있으리라.

한 사람이 평생 살면서 쌓은 생명의 기운이 또 다른 누군가에게로 전해지고, 그리하여 육체는 죽을지언정 기운은 남아 흐르는 것은 얼마나 경이로운 일인가. 이것 또한 넓은 의미에서 보자면 윤회를 거듭하는 위대한 힘의 법칙의 일부였다.

세상엔 또 얼마나 많은 경이로운 일들이 있을까?

시간은 빠르게 흘러 반나절 정도가 훌쩍 지나갔다.

갑자기 털썩 하는 소리와 함께 좌중에 가득하던 열기가 한순간 끊어졌다. 장개산은 빙소소가 정신을 잃고 쓰러졌음을 직감했다.

대신 쓰러진 그녀로부터 예전에는 존재하지 않았던 가공할 기운이 뿜어져 나오고 있었다.

그건 마기였다.

정신을 잃고 쓰러졌는데도 이정도로 강력한 마기를 발산하다니…… 이런 상태로라면 누구든 그녀가 마공을 익혔다는 사실을 알아차릴 것이다.

"일시적인 현상이네."

장개산의 생각을 읽기라도 했는지 후동관이 조용히 말했다. 그의 목소리는 임종을 앞둔 노인의 그것처럼 가늘고 희미했다.

"성공한 겁니까?"

"한 사람의 평생 공부가 다른 사람에게 이어지는 건 그리 간단한 일이 아니라네. 당분간은 정신을 잃은 상태에서 열탕과 냉탕을 오가며 고통스러워 할 것이네."

"언제까지 그래야 합니까?"

"빠르면 사흘, 늦으면 닷새."

"제가 무얼 해주면 됩니까?"

"자네가 할 수 있는 건 아무것도 없네. 모든 건 저 아이의 의지와 육체에 달려 있지. 만약 닷새가 지나도 깨어나지 않거든 가망이 없는 것이니 고통이라도 덜어주게."

"……!"

고통을 덜어주라는 말은 목숨을 거두라는 얘기다.

"그런 말은 없었지 않습니까!"

장개산은 분노했다.

그의 눈으로부터 뿜어져 나온 두 줄기의 화염이 어둠 속에서 섬뜩하게 빛났다.

"감정을 다스리게. 마성은 내면에 잠재되어 있는 원시의 본능에서 시작되는 법. 그걸 다스리지 못하면 평생 괴물로 살아야 할 것이네."

"당신들에겐 허용되는 마가 내게는 허용되지 못할 게 무엇입니까?"

"자넨 우리와 달라. 우리는 마의 힘을 빌릴 뿐이지만 자네는 마(魔) 그 자체일세. 그런 자네가 마성을 제거한 제종산문의 제자가 된 것을 보면 참으로 기구한 운명이라는 생각이 드는군."

"무슨… 뜻입니까?"

"자네는 제종산문의 그 어떤 선대 조사들보다 강한 유혹을 받을 것이네. 혈제의 여덟 번째 맥은 마치 처음부터 자네와 같은 인간을 위해 설계한 것이 아니었나 싶을 정도로 상성이 맞거든. 마도를 걷겠다면, 단언컨대 자네는 그 옛날 혈제와도 같은 경지를 보게 될 걸세."

"……!"

"하지만 만약 자네가 그 모든 유혹을 견뎌낸다면 삼백 년 전 이적명의 바람대로 혈제의 무학은 제종산문이라는 이름으로 새로운 역사를 쓰게 될 것이네. 비록 먼 길을 돌아갈지언정 목적지는 다르지 않지. 이적명이 옳았다면 말일세. 부디 성공하길 바라네……."

그 말을 끝으로 후동관은 조용히 숨을 거두었다.

그가 죽고 나서도 장개산은 한동안 자리를 뜨지 못했다.

시간은 심연처럼 흘러 종유석에서 떨어지는 물방울이 옷을 흠뻑 적시고 나서야 장개산은 비로소 몸을 일으켰다. 그리고 비교적 건조한 곳을 찾아 후동관을 정성스레 묻어주었다.

한때는 목숨을 걸고 싸웠던 적이었지만 마지막 순간엔 그도 함께 무인의 길을 걷는 동료이자 그 옛날 한 가지에서 갈라져 나온 또 다른 일맥의 선배일 뿐이었다.

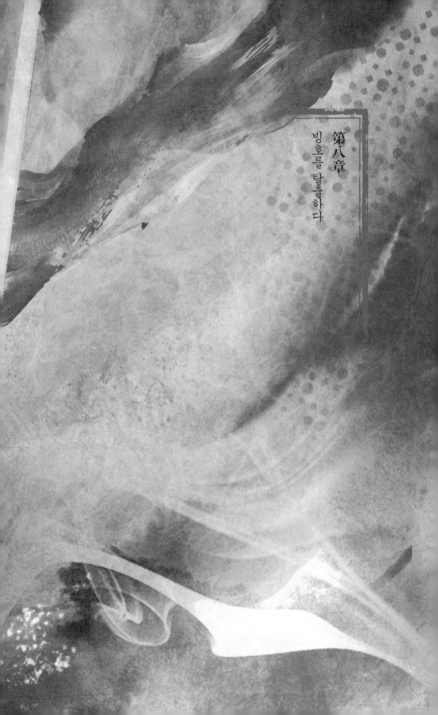

第八章

빙호를 탈출하다

　후동관의 말대로 빙소소는 정신을 잃고 까무러친 상태에서 냉탕과 열탕을 오갔다. 장개산은 호롱불도 켜지 않고, 모래톱에 묻어둔 내단도 꺼내지 않은 상태에서 잠자코 지켜보기만 했다.

　대망의 핏줄을 잘라 피라도 조금 짜서 입에 흘려 넣어줄까도 생각했지만, 대망의 피가 지닌 약성이 예사롭지 않은 탓에 그마저도 하지 못했다. 장개산이 할 수 있는 일이라고는 정말로 지켜보는 것뿐이었다.

　하지만 모든 신경이 그녀에게 쏠려 있었다. 그녀가 조금이라도 기척을 하면 당장에 하던 일을 멈추고 주의를 기울였고, 그녀의 숨소리가 평온을 되찾으면 그제야 다시 하던 일을 계속했다.

후동관은 닷새가 지나도 깨어나지 않으면 고통을 덜어주기 위해서라도 직접 목숨을 거두라고 했다. 하지만 닷새가 지났는지 무슨 수로 안단 말인가.

대법을 받기 전 빙소소가 만들어 둔 시간측정법이 있긴 했지만, 그건 일각 정도를 어렴풋이 잴 수 있을 뿐 하루를 가늠하기에는 터무니없을 정도로 오차가 컸다.

장개산의 고민은 깊어질 수밖에 없었다.

닷새의 시간은 무슨 수로 재야 하나.

후동관의 말대로 닷새가 지난 후 가망이 없다면 그땐 목숨을 거두어 주는 것이 정말 그녀를 위한 일일까? 고민은 있으되 답은 하나도 보이지 않는 상황 속에서 시간만 속절없이 흘렀다.

그러던 어느 날 그녀가 한 방에 모든 고민을 해결해 주었다. 드디어 깨어난 것이다. 까무러치던 순간에도 자신이 알몸이라는 사실을 기억하고 있었던 모양, 그녀는 정신을 차리자마자 옷부터 챙겨 입었다.

"얼마나 잠들어 있었던 거죠?"

"하루? 이틀? 사흘? 모르겠소."

빙소소는 고개를 절레절레 흔들었다.

자신이 생각해도 바보 같은 질문이었기 때문이다.

"그는 어떻게 되었죠?"

"죽었소."

"언제?"

"당신에게 공력을 전수해 주고 난 직후."

"최소 하루, 길게는 사흘쯤 전이었군요."

"어쩌면 더 되었을 수도 있고."

"주검은……?"

"건조한 곳에 묻어주었소."

빙소소는 심경이 복잡했다.

비록 마인일망정 그의 진전을 잇고 공력까지 전수받았다. 만약 살아서 세상 밖으로 나가게 된다면 그의 남은 도법까지 익히고 언젠가는 제자를 찾아 맥을 이어주어야 한다. 불과 보름전만 해도 서로 병기를 겨눈 채 목숨을 걸고 싸웠던 적이었는데 어쩌다 이렇게 되어 버렸을까?

"몸은 좀 어떻소?"

"단전에 화룡 한마리가 똬리를 틀고 들어앉은 것 같아요."

"다른 건?"

"목이 마르고요."

"왼쪽으로 손을 뻗어보시오."

"이게 뭐죠?"

"대망의 내장으로 만든 주머니에 물을 담아놨소. 종유석에서 떨어지는 물을 받은 것이라 냉기는 조금 덜하지만 그래도 천천히 마셔야 하오."

장개산은 아무것도 하지 않았지만 딱 한 가지, 자신이 목이 마를 때마다 빙소소에게도 물만은 조금씩 입안에 흘려 넣어 주었다. 곡기는 끊어도 닷새나 넘는 시간을 물 한 모금 먹지 않고 버틸 수 있는 사람은 없기 때문이다. 가죽 주머니는 바로 그 용도로 사용하던 것이었다.

빙소소가 가죽 주머니를 들어 갈증을 채우는 사이 장개산은 검을 부딪쳐 불씨를 일으킨 다음 호롱불에 다시 불을 붙이고 모래 속에 묻은 내단도 꺼냈다. 그제야 어둠이 물러나며 사위가 조금씩 눈에 들어왔다. 그 모습을 물끄러미 바라보고 있던 빙소소가 물었다.

"한 번도 불을 켜지 않고 있었던 건가요?"

"그렇소."

"왜……?"

"그건 예의가 아닌 것 같아서."

자신이 잠들어 있는 사이에도 예의를 갖춰준 건 분명 고마웠다. 하지만 여자로서는 조금 슬펐다. 그건 그가 자신에 대해 그만큼 매력을 느끼지 못했다는 말도 되니까. 거기까지 생각이 미친 빙소소는 고개를 절레절레 흔들었다. 이게 무슨 주책 맞은 생각이란 말인가.

"고마워요."

"천만에."

그때 빙소소가 갑자기 장개산을 빤히 바라보았다.

"왜 그러시오?"

"당신의 수염……."

장개산은 한 손으로 코와 턱밑의 쓰다듬었다. 동굴에서 지내면서부터 수염이 이상하리만치 빠르게 자라더니 급기야 온 얼굴을 뒤덮었다.

"이런지 좀 됐소."

"딴 사람 같아요."

"보기 흉하오?"

피차 넝마나 다름없는 옷가지를 걸친 처지에 수염 며칠 못 깎았다고 보기 흉하냐니. 빙소소는 피식 웃고 말았다.

"그 정도는 아니에요."

"다행이군."

"이제 어떻게 하죠?"

"우선 뭘 좀 먹으면서 체력을 비축하시오."

"전 이미 활력이 넘치는걸요."

"단전에 쌓인 공력과 음식을 통해 얻는 체력은 다른 것이

오. 중간에 까무러치기라도 하면 그땐 돌이킬 수 없소. 명심
하시오. 우리에게 주어진 기회는 단 한 번뿐이라는 걸."

장개산의 말이 맞다.

언젠가 병에 걸려 죽어가는 사람의 단전에 엄청난 공력이
쌓여 있는 걸 보고 놀란 적이 있었다. 그때 확실하게 깨달았
다. 단전의 공력은 생명을 관장하는 본원진기와는 다르다는
것을.

빙소소는 뒤늦게 자신의 실태를 깨닫고 무겁게 고개를 끄
덕였다. 그가 곁에 있어서 정말 다행이었다.

며칠이 지나 빙소소는 어느 정도 체력을 회복했다.

장개산은 그동안 뽑아 놓은 대망의 핏줄을 꼬아 밧줄을 만
들었고. 그 밧줄로 참마검의 검갑을 묶어 다시 등에 단단히
고정했다. 빙소소 역시 그녀의 협봉검을 챙겨 허리춤에 야무
지게 묶었다.

마지막으로 아홉 개의 내단을 챙기는 것으로 빙호를 탈출
하기 위한 모든 준비가 끝났다. 애초 검 외에는 가진 게 없었
기에 나가는 준비도 단출했다.

두 사람은 후동관의 무덤 앞에 섰다.

빙소소가 갑자기 후동관의 무덤을 향해 절을 하기 시작했
다. 절은 정확하게 아홉 번 이어졌다. 배사지례(拜師之禮), 제

자가 스승을 맞이하는 의식이었다.

　장개산은 차분한 표정으로 빙소소를 바라보았다.

　그녀가 말했다.

　"살기 위해 그의 무공을 익혔으면서 정작 제자이기를 거부한다는 건 왠지 파렴치한 짓 같아요. 제가 부정을 한다고 해서 이미 맺어진 사승의 관계가 없던 것으로 되는 것도 아니고요."

　"괜찮겠소?"

　"세상 사람들이 손가락질한다면 하라죠 뭐. 그것 역시 제가 감당할 몫인 걸요. 그래도 다행이에요. 최소한 한 사람은 제게 선택의 여지가 없었다는 걸 알아줄 테니까."

　그녀가 말한 한 사람은 당연하게도 장개산이었다.

　장개산은 묵묵히 고개를 끄덕이고는 걸음을 옮겼다.

　잠시 후, 두 사람은 차디찬 빙호를 마주하고 섰다. 저 호수 아래의 어딘가에 바깥으로 물줄기가 흘러가는 동혈이 있고, 그 동혈 속으로 들어가고 나면 다시는 되돌아 올 수 없다.

　운이 좋으면 살아서 세상을 볼 수 있을 것이고, 나쁘면 죽을 것이다. 어쩌면 두 사람이 대화를 할 수 있는 것도 지금이 마지막일지 몰랐다. 빙소소는 용기를 냈다.

　"한때는 빙소화 언니를 부러워했던 적이 있어요. 그녀가 아니라 나였으면 어땠을까? 내가 죽었어도 당신은 일 년이 넘

도록 흉수를 찾아다니며 복수를 해야 할 만큼 사무치게 그리
워해 줄까?"

"……!"

"하지만 빙호의 바닥에 가라앉은 당신을 보았을 때 깨달았
어요. 죽어서 그리움의 대상이 되는 것보다 살아서 오랫동안
바라보는 게 낫다는 걸. 아, 말하고 나니까 속 시원하다. 이제
시작할까요?"

빙소소는 결국 고백을 하고 말았다.

아무렇지 않다는 듯 씩씩하게 장개산을 바라보았지만 어
느새 발개진 얼굴을 감출 수는 없었다. 장개산은 품속에서 거
무튀튀한 덩어리를 꺼내 내밀었다.

"이게 뭐죠?"

"틈틈히 만들어 보았소."

빙소소가 물건을 받아 들고 펼치자 배자(褙子) 같은 것이
모습을 드러냈다. 배자는 부녀자들이 겨울철에 덧입는 옷으
로 소매가 없고 양 옆구리가 겨드랑이 밑까지 틔어 있는 것을
말한다.

흔히 양이나 여우 따위의 털이 많이 달린 짐승의 가죽으로
만드는데, 장개산은 그걸 대망의 비늘에 구멍을 뚫어 힘줄로
연결해 만들었다. 도검에도 상처가 나지 않는 대망의 비늘을
대체 무슨 수로 뚫었을까?

"이게 뭐죠?"

빙소소는 똑같은 질문을 다시 했다.

앞의 질문이 말 그대로 이게 무엇이냐는 뜻이었다면 지금의 질문의 이것의 용도가 무엇이냐는 뜻이었다.

"언젠가 청옥산에 사흘 동안 폭우가 쏟아져 계곡이 범람한 적이 있었소. 사부님께선 여우 덫을 확인하기 위해 무리를 해서 계곡을 건너시려다 물살과 함께 떠내려 오던 돌멩이에 맞아 정강이가 부러지셨지. 거센 물살의 힘은 경험해 보지 않은 사람은 모르오. 헐거워 빠지지 않도록 단단히 동여매 입으시오."

"이걸 언제……?"

"소저가 까무러쳐 있는 동안."

"깜깜했을 텐데 어떻게……?"

"그래서 볼품은 없소."

얼핏 보아도 대망의 비늘이 스무 개는 들어간 것 같았다. 장개산은 한치 앞도 보이지 않는 어둠 속에서 단단하기 이를 데 없는 비늘에 구멍을 뚫고 힘줄로 이었던 것이다. 이 모든 게 자신이 다치지 않도록 하기 위해서다.

빙소소는 눈물이 왈칵 쏟아질 것 같았다.

배자인지 흉갑인지 모를 비늘 옷은 마치 자로 잰 것처럼 꼭 맞았다. 빙소소가 아무 말도 하지 못하고 울음을 참는 사이 장개산이 부드러운 음성으로 말했다.

"그녀는 금화선부에서 야신을 죽이던 날 마음속에서도 떠나보냈소."

"……?"

"포검문주께서 나를 탐탁지 않게 생각하신다는 건 알지만 천일유수행이 끝나면 찾아뵙고 정식으로 청혼을 하고 싶소. 물론 소저가 나를 싫어하지 않는다……."

장개산이 말을 다 끝내기도 전에 빙소소가 옆으로 다가와 서더니 손을 잡았다. 그러곤 머리를 가만히 기대어 왔다. 장개산의 키가 워낙 컸던 탓에 그녀의 머리는 겨드랑이에 겨우 닿았지만 그래도 좋았다.

그의 거친 손을 눈치 보지 않고 잡을 수 있어서 좋고, 굵은 팔뚝에 기댈 수 있어서 좋았다. 무엇보다 다음에 또 언제든 이렇게 할 수 있어서 좋았다. 한참을 매달리듯 기대어 있던 빙소소는 부끄러움에 두 걸음을 물러나며 말했다.

"이제 그만 가요."

"준비되었소?"

쉽게 묻는 말이 아니다.

지금 이 길이 저승길이 될지, 아니면 살아남아 벗들을 만나러 가는 길이 될지는 아무도 알 수 없다. 마음을 단단히 먹어야 한다. 빙소소는 꼭 다문 입술로 고개를 끄덕였다.

"무슨 일이 있어도 내게서 떨어지지 마시오."

"절대로 떨어지지 않을게요."

장개산과 빙소소는 함께 차가운 빙호 속으로 몸을 던졌다.

장개산이 말한 또 동혈을 통과한 지 얼마 지나지 않아 과연 또 다른 빙호가 나타났다. 빙호의 절벽 아래에 난 동혈은 개구멍처럼 좁았다. 그사이로 빨려 들어가는 엄청난 물살은 보는 사람을 충분히 압도하고도 남았다.

하지만 빙소소는 두렵지 않았다.

장개산은 빙소소를 향해 고개를 한 번 끄덕여 준 다음 내단을 앞세우고 먼저 용감하게 들어갔다.

빙소소가 뒤를 이었다.

몸을 넣는 순간 세찬 물살이 두 사람을 빠른 속도로 끌어당겼다. 좁은 동혈을 가득 채우며 흐르는 물살은 빙소소가 지금껏 만난 그 어떤 급류의 물살보다 강하고 빨랐다. 그 엄청난 힘 앞에서 인간의 사지는 아무런 소용이 없었다. 아무리 허우적거리고 발버둥쳐도 중심을 잡고 내 의지대로 방향을 조정한다는 건 불가능했다.

속절없이 빨려 들어가기를 한참, 느닷없이 갈래길이 나타났다. 빙소소는 아연실색했다. 이건 전혀 예상에 없었던 일이었다. 저 갈래길 중 어느 쪽으로 가야 후동관이 말한 빙천으로 이어질지 어떻게 알 것인가.

만에 하나 지하의 또 다른 수로로 이어진다면, 거미줄처럼 얽힌 수로를 떠돌다 이내 숨이 멈추고, 그리하여 물귀신이 되어 깊은 땅속을 영영 부유하게 된다면… 생각만 해도 소름이 끼쳤다.

그때 장개산이 빙소소의 손을 힘껏 잡아끌고 왼쪽으로 헤엄쳐 갔다. 그의 행동이 너무나 자신만만했기 때문에 빙소소는 속으로 매우 의아했다.

두 사람은 물살과 함께 또다시 떠내려갔다. 동혈은 이리저리 꺾이고 휘어지기를 반복하다 두 번째 갈래길을 내놓았다. 이번에도 장개산은 마치 한번 가본 길이라도 되는 것처럼 주저없이 빙소소의 손을 잡아 오른쪽으로 꺾어 들어갔다.

갈래길은 계속해서 나타났고 그때마다 장개산은 주저함이 없었다. 그렇게 반 시진여를 헤엄치다 어느 순간 흐르는 물살 위로 작은 공간이 나타났다. 두 사람은 누가 먼저랄 것도 없이 머리를 내밀고 거친 숨을 몰아쉬었다.

"하아하아……."

"허억허억……."

놀랍고 경이로웠다.

사람이 물고기가 아닐진대 반 시진 동안이나 숨을 참고 버틸 수 있다니. 그렇지만 그 이상은 무리였다. 지금처럼 공기가 가득차 있는 공간을 만나지 않았다면 어떻게 되었을지 장담할 수가 없었다.

앞으로도 그랬다.

최대 반 시진 안에는 이런 공간이 나와주어야 중간중간 숨을 쉬며 나아갈 수 있었다. 과연 이런 공간이 계속해서 나타나 줄까?

한참을 공기를 들이마신 다음 빙소소가 물었다.

"이대로 가도 괜찮을까요?"

"뭐가 말이오?"

"너무 간단하게 방향을 선택을 하는 것 같아서……."

"길잡이가 있는데 망설일 이유가 없잖소."

"길잡이라뇨?"

"물속을 들여다보시오."

빙소소는 장개산이 시키는 대로 얼굴을 잠그고 물속을 들여다보았다. 빙호에서 빠져나와 여기까지 흘러오는 동안 쉬지 않고 보았던 물속이다. 달리 특별할 것이 있을 리 없었다. 그런 것이 있었다면 진즉에 알아차리지 않았겠는가.

아니다.

무언가가 있었다.

너무나 자연스러워서 딱히 신경을 쓰지 않았던 그것은 뼈가 어렴풋하게 보일 정도로 반투명한 물고기였다. 빙호에서 보았던 뼈물고기를 쏙 빼닮았는데 대신 그것보다 훨씬 크고 약간의 채색마저 가졌으며 어렴풋하게나마 눈까지 있었다. 그런 물고기들이 한눈에 보기에도 적지 않은 수로 물살을 거슬러 오르는 중이었다.

빙소소는 다시 물 밖으로 얼굴을 내밀고 물었다.

"저게 뭐죠?"

"빙호에서 보았던 뼈물고기의 성어(成魚)요."

"성어라면 어미란 말인가요?"

"청옥산에 살 때 해마다 큰 폭우가 내리고 나면 홍미파(紅尾把)라는 물고기가 물살을 거슬러 오르는 걸 본 적 있소. 사부님께선 큰 호수에서 살던 홍미파가 산란을 위해 계곡을 거슬러 오르는 것이라고 했지. 내 짐작이 틀리지 않다면 저 물고기들은 적안살성이 말한 빙천에서 물살을 거슬러 오르는 중이오. 우리가 빠져나왔던 빙호는 놈들의 산란장이고."

"그걸 어떻게……?"

"자세히 살펴보면 자연은 인간에게 끊임없이 무언가를 말해주고 있소. 다만 인간이 그것을 알아듣지 못할 뿐이지. 자, 서두릅시다."

장개산은 알 수 없는 한마디를 흘려 놓고 또다시 물속으로 들어갔다. 빙소소는 귀신에게 홀린 것 같다는 생각을 하며 뒤를 이었다.

저 물고기가 거슬러 오르는 방향만 따라가면 일단 길을 잃을 염려는 없었다. 물론 저런 표지를 읽을 수 있는 사람은 장개산밖에 없다. 오늘따라 그의 너른 등판이 더없이 든든해 보였다.

거센 물살은 계속해서 이어졌고, 갈래길도 쉬지 않고 나타났다. 천만다행으로 이따금 숨을 쉴 수 있는 공간도 나타나 주었다. 마치 하늘이 자신들을 살리기 위해 안배를 해둔 것 같았다. 그때마다 빙소소는 공기의 소중함을 온몸으로 깨달았다.

언제나 곁에 있기에 중요하다는 사실을 잊고 사는 게 어디 공기뿐일까? 빙소소는 북검맹에 있는 아버지가, 함께 강호를 주유하던 흑풍조의 선배들이, 해맑은 표정으로 영악한 소리를 해대던 가약란이 사무치게 그리웠다. 살아서 그들을 다시 만날 수만 있다면 얼마나 좋을까?

시간은 계속해서 흘러 빙호를 빠져나온 지 반나절 정도 흐른 것 같았다. 마지막으로 공기가 있는 공간을 만나 숨을 들이쉰 지 일다경 정도가 지났다. 후동관의 주반심공과 그가 전이해 준 공력은 가공한 것이어서 빙소소는 숨 한 번 쉬지 않고도 잘 버틸 수 있었다.

문제는 자신의 몸이었다.

마공을 수련한 자의 이갑자 내공을 감당하기엔 시간이 너무나 짧았다. 다시 일다경여가 더 흐를 때까지도 공기가 들어 차 있는 공간은 나타나지 않았다.

빙소소는 한계가 다가오고 있음을 직감했다.

그건 지금껏 한 번도 경험해 보지 못한 공포였다.

또다시 일각여가 흐른 후 마침내 그 공포의 실체가 찾아왔다. 폐가 빵빵하게 부풀어 오르고 심장이 터질 것 같았다. 아직 숨 쉴 공간은 보일 기미가 없는데 벌써부터 눈앞이 노래졌다.

길을 잃을 염려도 없고, 물살이 흐르는 동혈 또한 사람이 지나가기에 부족함이 없을 정도로 넉넉한데, 숨을 쉴 수가 없어 죽게 생겼다. 손바닥만 한 공간이라도 있으면 좋으련만. 그리고 잠시 후 올 것이 오고야 말았다.

부풀어 오른 폐의 압력을 이기지 못한 빙소소는 마지막 공간에서 잔뜩 머금었던 공기를 훅 불어 내고야 말았다. 입에서부터 만들어진 공기방울이 바글바글 올라갔다. 죽음을 직감한 빙소소는 발작적으로 두 손을 휘저었다.

이제야말로 진짜 끝이다.

그 순간, 장개산이 그녀의 한 손을 힘차게 잡아당겼다. 맥없이 끌려가는 사이 그의 또 다른 손이 뒷목을 가볍게 감싸 쥐면서 오른손으로는 턱을 움켜잡았다. 그러곤 느닷없이 입을 맞추고 공기를 나누어 주었다.

빙소소는 가까스로 한숨을 돌리며 장개산을 바라보았다.
그나마 그가 있어서 얼마나 다행인가. 죽음 직전에 그가 불어
넣어 준 한 모금의 공기, 평생 잊지 못하리라.

그때 장개산이 한 손을 꼭 붙잡은 상태에서 다른 손으로 앞
쪽을 가리켰다. 무심코 그가 가리키던 곳을 바라보던 빙소소
는 두 눈을 치떴다. 저만치 어둠 속에서 태양처럼 밝게 빛나
는 원이 보였다. 마침내 출구가 나타난 것이다.

*　　　*　　　*

도하촌(渡河村)은 창산의 서남쪽에 자리한 작은 마을이었
다. 강을 건너는 마을이라는 이름처럼 도하촌 앞을 흐르는 강
은 제아무리 가뭄이 지속되어도 바닥을 드러내는 법이 없었
다. 또한 폭우가 쏟아져 물이 범람해도 마을을 덮치는 일도
없었다.

언제 찾아와도 그 자리 그곳에서 안전하게 강을 건널 수 있
는 곳이 바로 도하촌이었다.

여기엔 그만한 이유가 있었다.

도하촌 앞을 흐르는 강의 수심이 호수를 방불케 할 만큼
깊은 것이 그 첫 번째 이유이고, 그 깊은 바닥에서 사시사철
일정한 양의 한수(寒水)가 뿜어져 올라오는 것이 두 번째 이

유다.

도하촌에서 조금 떨어진 북쪽 절벽 아래의 강은 특히 수심이 깊고 물도 말할 수 없이 차가웠다. 이곳은 물길에 익숙한 도하촌 사람들에게도 함부로 자맥질을 하거나 배를 몰아서는 안 되는 금역이었다.

오래전에 눈이 맞아 야반도주를 하던 젊은 남녀가 사람들의 눈을 피해 이곳에서 도하하려다가 빠져 죽은 이후로 물귀신이 되어 이따금 지나가는 사람들을 물속으로 끌고 들어간다는 소문 때문이었다.

과거에 진짜로 그런 일이 있었는지는 모르지만 지금도 해마다 한두 명씩은 꼭 빠져 죽을 정도로 위험한 곳이기는 했다.

하지만 그건 어디까지나 조심성 없는 사람들의 이야기일 뿐이다. 도하촌 최고의 강태공 장일은 해마다 이맘때면 이곳 사람들이 몽어(霧漁)라고 부르는 물고기가 강바닥 어딘가에 뚫려 있다는 동굴 속으로 들어가기 위해 가릉강(嘉陵江)에서부터 거슬러 올라온다는 걸 알고 있었다.

살이 안개처럼 희끄무레해서 몽어라고 이름 붙은 이 물고기는 광병(狂病)에 효과가 좋았다. 특히 여자가 푹 고아 먹으면 사흘 안에 반드시 제정신으로 돌아왔다. 덕분에 꾸덕꾸덕 말려서 미친 사람이 있는 집에 가져가면 부르는 게 값이었다.

"오늘은 열 마리는 낚아야 하는데……."

지난 열흘 동안 열심히 낚시질을 했지만 몽어는 귀하신 몸답게 도무지 모습을 드러내지 않았다. 열흘 동안 한 마리도 잡히지 않던 몽어가 오늘따라 갑자기 열 마리씩이나 잡힐 리가 없었다.

그럼에도 불구하고 장일은 각오를 다잡았다.

몽어 낚시를 할 수 있는 건 일 년 중 딱 이맘때뿐이다. 몽어가 사라지기 전에 천 냥을 만들어야 하고, 천 냥을 만들어야 모진연과 혼례를 치를 수 있다.

모진연은 도하촌 최고의 미녀로 그와는 어려서부터 함께 자란 동무였다. 그러다 한 달 전 산에 나물을 캐러 갔다가 갑작스런 비를 피해 들어간 동굴에서 그만 눈이 맞아 일을 치러 버렸다.

모진연은 이제 어쩔 거냐며 울고불고 난리를 피웠지만 장일은 속으로 말도 못하게 좋았다. 모진연에게 눈독을 들이던 녀석들이 어디 한둘인가. 그 모든 경쟁자들을 물리치고 자신이 그녀의 지아비가 되었으니 이 어찌 기쁘지 아니할 것인가.

한데 문제는 모진연의 아버지였다.

그날의 일을 까맣게 모르는 그녀의 아버지는 모진연을 저자에서 포목점을 운영하는 마흔 살 왕씨에게 돈 천 냥을 받고 시집보내기로 했다.

가난한 살림에 첫째 딸을 팔아 번 돈으로 손바닥만 한 밭뙈기라도 사서 줄줄이 달린 나머지 자식들 입에 풀칠이라도 좀 해볼 생각이었겠지만 장일에겐 그야말로 청천벽력 같은 일이었다.

"망할 놈의 영감탱이 같으니라고!"

장일은 자신의 여자가 배불뚝이 왕씨에게 팔려가는 것을 두고 볼 수 없었다. 반드시 몽어를 잡아 그녀와 정식으로 혼례를 올리리라.

이게 장일이 손바닥만 한 뗏목을 강 한가운데 띄워 놓고 열흘째 낚시를 하고 있는 이유였다. 하지만 몽어는 그렇게 쉽게 잡히는 물고기가 아니었다. 동트기 전부터 나와 해가 중천에 뜨도록 죽어라 낚싯줄을 던져 보지만 잡히는 거라곤 이맘때는 개도 맛이 없어서 안 먹는다는 개붕어뿐이었다.

"제발 한 마리라도 낚여라."

그 순간, 낚싯대가 후두둑 떨렸다.

손끝으로 말할 수 없는 전율이 전해졌다. 장일은 번개 같은 솜씨로 낚싯대를 챘다. 묵직한 힘과 함께 낚싯대가 부러질 것처럼 휘었다.

몽어다.

이곳에서 오죽으로 만든 자신의 낚싯대를 이 정로도 휘게 만들 수 있는 놈들은 몽어밖에 없었다. 열흘 만에 온 첫 번째

신호. 어쩌면 마지막일 지도 모르는 기회를 놓치지 않기 위해 장일은 죽을힘을 다해 낚싯대를 끌어 당겼다. 분명 딸려 올라오기는 오는데 그 힘이 도저히 자신이 통제할 수 있는 수준이 아니었다.

"대체 얼마나 큰 놈이야 이게!"

장일은 기쁨을 주체할 수가 없었다.

천 냥이 문제가 아니다. 이 정도로 큰 놈이라면 삼천 냥까지도 받을 수 있을지 모른다. 삼천 냥을 손에 쥐게 되면 이천 냥을 영감탱이의 얼굴에 보란 듯이 던져준 후 모진연을 예쁜 꽃가마에 태워서 데려오리라.

그 순간, 물속에서 시커먼 두 개의 덩어리가 모습을 드러냈다. 물과 함께 줄줄 흘러내리는 머리카락은 분명 사람의 그것이었다.

"귀, 귀신이다!"

장일은 그 자리에서 까무러쳐 버렸다.

사내와 뗏목을 뭍으로 끌고 나온 장개산과 빙소소는 서로를 바라보며 안도의 한숨을 쉬었다. 머리 위에서 뜨겁게 내리쬐는 태양을 느끼자니 비로소 지저빙호를 빠져나왔다는 사실이 실감났다.

햇빛이 이렇게 강렬하다는 것도 처음 알았다. 햇빛에 적응

하기 위해 두 사람은 한참이나 강변에 앉아 있어야 했다.

그사이 까무러쳤던 사내가 정신을 차렸다.

그는 장개산과 빙소소가 물속으로 돌아가지 않고 자신과 함께 나란히 앉아 있는 것을 발견하고는 사색이 되었다. 앉은 채로 뒷걸음질 치려는 그에게 장개산이 나지막한 음성으로 물었다.

"안심하시오. 해치지 않을 테니."

"사, 사람이오?"

"보시다시피."

"지, 진짜 사람이오?"

"그렇소."

"한데 왜 무, 물속에서 튀어나오는 거요?"

"설명하려면 복잡하오. 그보다 여긴 어디오?"

"도, 도하촌이외다."

"도하촌은 어디에 있는 곳이오?"

"사천성 북동쪽 고령현(高嶺縣)……."

"사천성? 방금 사천성이라고 했나요?"

빙소소가 갑자기 끼어들었다.

"그렇… 습니다만."

"이럴 수가."

빙소소는 놀란 눈을 치켜뜨고 장개산을 바라보았다.

장개산 역시 적지 않게 당황했다.

금화선부는 섬서성의 동남쪽에 있었고, 사천성의 북동쪽과는 진령이라는 거대한 장애물을 사이에 두고 있었다. 고령현이 정확하게 어디에 위치해 있는지 모른다. 하지만 사천성 북동쪽이라 함은 진령을 땅속으로 지나왔다는 말이 된다. 나는 새도 힘들어 쉬어 넘는다는 진령을 말이다.

"오늘이 며칠이오?"

장개산이 다시 사내에게 물었다.

"그믐입니다."

"그믐? 확실하오?"

"화, 확실합니다."

장일은 떨리는 마음을 진정시킬 수가 없었다.

엄청난 체구에 오 척은 족히 될 것 같은 장검을 등에 찬 털북숭이 사내는 그렇다고 치더라도 그와 함께 물속에서 튀어나온 저 여자는 아무리 생각해도 요괴가 틀림없었다. 그렇지 않고서야 어찌 저토록 아름다운 용모를 지닐 수 있단 말인가.

이마에 착 달라붙은 머리카락은 비단처럼 곱고, 백옥 같은 피부는 실핏줄이 다 보일 만큼 투명했다. 게다가 저 눈, 놀라 깜빡거릴 때마다 보석 같은 동공이 나타났다가 사라지기를 반복하는 저 눈을 보고 있노라면 혼백이 빨려 들어갈 것만 같았다. 그는 모진연은 까맣게 잊은 채 여자를 힐끔거리기 바빴다.

장일이 속으로 이런 생각을 하는 사이 빙소소와 장개산은 서로의 얼굴을 마주보며 놀라움을 금치 못하고 있었다. 애초 금화선부로 들어갔을 때가 초하루였다.

그곳에서 겨우 하룻밤을 싸운 후 도망쳤으니 지저빙호에서 무려 한 달 가까이를 보낸 셈이다. 길어야 열흘 정도 지났을 거라 생각했는데 이십여 일이나 갇혀 있었을 줄이야. 어쩐지 수염이 이상하리만치 빠르게 자라더라니.

"벽사룡은 어떻게 되었을까요?"

"아마도 괴물이 되어 있겠지."

"그 정도로만 끝났어도 차라리 다행인데……."

장개산은 빙소소가 무얼 걱정하는지 알고 있었다.

자신들이 의도하든 하지 않든 금화선부에서 있었던 혈사는 소문이 날 수밖에 없었다. 무림인들은 대망혈제회가 드디어 모습을 드러냈다는 사실을 아는 순간 전쟁 준비에 돌입하게 될 것이다. 대망혈제회의 입장에서는 강력한 타격을 주기 위해서라도 기습작전을 펼칠 수밖에 없다.

"이제 어떡하죠?"

"놈들의 행보를 알아야겠지."

"하면……?"

"우선 도시로 나갑시다. 사람들이 많이 오가는 곳이면 무림의 동향에 대해 아는 사람들이 있을 거요. 돌아가는 상황을 보고 난 후 이후에 할 행동을 결정합시다."

말을 끝낸 장개산이 다시 사내를 돌아보며 물었다.

"여기서 가장 가까운 도시가 어느 곳이오?"

"도시라면 어느 정도나……?"

"표국이나 상인들처럼 오가는 사람들이 많고 무림문파도 한두 곳 정도 있는 곳이라면 더 좋겠소."

"그 정도의 대도시라면 광원(廣元)까지 나가야 하는데."

"광원? 한중(漢中)에서 검각(劍閣)으로 가는 촉도상에 있는 그 광원 말이오?"

"그렇습니다. 이곳은 촉도에서 동쪽으로 오십 리 정도 떨어져 있지요."

장개산은 그제야 자신들이 서 있는 위치가 어디쯤인지를 어렴풋이나마 알 것 같았다. 사내의 말과는 달리 광원은 대도시가 아니었다. 무림문파가 있는지 없는지는 모르지만 촉도상의 고을이니 오가는 표국 사람들이 많을 터, 무림의 돌아가는 상황 정도는 충분히 알 수 있을 것이다.

"광원으로 가는 가장 빠른 길이 어디오?"

"여기서 남쪽으로 십 리 정도 가면 본류인 가릉강이 나옵니다. 거기서 배를 타고 이백여 리 정도 더 내려가다 보면 광원이 나오지요. 하지만 지금은 갈 수가 없습니다."

"어째서 그렇소?"

"사흘 전 진령에 엄청난 폭우가 쏟아졌다더군요. 진령에 비가 내리면 그 물이 죄다 가릉강으로 몰려듭니다. 촉도와 가까운 것에서도 알 수 있다시피 가릉강 주변엔 협곡이 많아 일단 폭우가 쏟아졌다하면 수위도 높아지거니와 일단 물살이 말도 못할 만큼 거세어집니다. 오죽하면 가릉강을 일컬어 뗏꾼들의 무덤이라는 말이 있을까요."

"남자와 여자가 입을 만한 옷을 구할 수 있겠소?"

장일은 사내가 무슨 말을 하는 건지 즉각 알아차렸다. 하지만 지금은 몽어를 낚아야 하는데 옷을 구해다 줄 시간이 어디에 있는가. 게다가 꼬락서니를 보아하니 돈은 한 푼도 없을 것 같고만.

그가 딱 잘라 '없다'라고 말하려는 순간 여자의 맑은 눈망울이 눈에 들어왔다. 양팔의 소맷자락과 바짓가랑이 한쪽이 흔적도 없이 사라진 넝마에, 가슴에는 조개껍데기 같은 것을 다닥다닥 붙여 만든 이상한 옷을 입고 있는 그녀를 보는 순간 장일은 목구멍까지 올라왔던 말이 꿀떡 삼켰다.

"구할 수는 있습니다만……."

말이 끝나기 무섭게 장개산은 품속에서 아홉 개의 내단 중 하나를 꺼내 사내에게 내밀며 말했다.

장일은 장개산의 손바닥 위에 놓인 새알 같은 구슬을 유심히 바라보았다. 햇빛 아래에서도 영롱하게 빛을 발하는 것이 막눈인 자신이 보기에도 예삿 물건은 아니었다.

"이, 이게 뭡니까?"

"정직한 무림 문파로 가져가거나 안목이 있는 의원을 만나면 큰돈을 만질 수 있을 것이오. 이걸 가져가고 옷 두 벌을 구해주시오. 뗏목도 내게 넘기고."

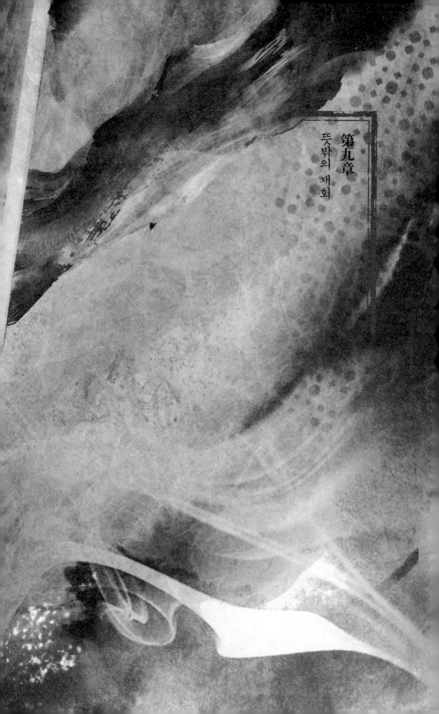

第九章

뜻밖의 재회

　기괴한 복장을 한 젊은 남녀가 손바닥만 한 뗏목을 타고 넘
실대는 강물 위를 떠내려가고 있었다.

　사내는 겨우 넝마를 면한 농부의 복장에 뜨거운 햇살을 피
하기 위한 초립을 썼는데, 장대한 체구에 등을 가로질러 맨
오척장검과의 부조화는 둘째 치고라도 어린 동생의 옷을 빼
앗아 입은 것처럼 작아서 어딘지 모르게 우스꽝스러웠다.

　여자는 더더욱 가관이었다.

　그녀는 나풀거리는 비단 바지에 정체를 알 수 없는 선들을
어지럽게 수놓은 비단 편삼(偏衫)을 입었다. 허벅지까지 내려

오는 편삼의 중간을 잘끈 졸라매어 허리를 표시하는 것까지는 좋았는데, 요대가 엄청나게 넓어 엉뚱하게 봉긋한 가슴이 강조되었다.

결정적으로 온갖 꽃을 요란하게 수놓은 닭볏 같은 모양의 모자를 썼다. 거기에 요대 사이로 찔러 넣은 회초리 같은 검이라니.

젊은 남녀는 당연하게도 장개산과 빙소소였다.

자신을 장일이라고 밝힌 사내에게 내단 하나를 주고 옷을 좀 구해다 달랬더니 이거였다. 이건 아무리 봐도 보통 사람들이 입는 옷이 아니었다.

하지만 여기엔 장개산과 빙소소가 모르는 속사정이 하나 숨어 있었다. 장일은 사내였기에 당연히 집에 사내가 입을 만한 옷이 많았다.

하지만 여자의 옷은 없었다. 유일하게 한 벌 있는 것이 모진연과 혼례를 치를 때 입히기 위해 거금을 주고 사둔 나나족(羅羅族)의 전통혼례 복장이었다. 장일과 모진연은 나나족의 청년들이었다.

이게 장개과 빙소소가 기괴한 복장을 하게 된 경위였다. 물론 두 사람은, 특히 빙소소는 자신이 입은 옷이 무엇을 의미하는지 까맣게 몰랐다.

강이 범람한 건 장개산에게 오히려 행운이었다.

범람한 강물은 달리는 말보다 빠르게 흘렀고, 장개산은 뗏목을 부리는 데는 귀신이었다. 육로였다면 꼬박 하루는 걸렸을 길을 장개산은 반나절 만에 주파해 버렸다. 그리고 광원 땅을 코앞에 두었을 무렵 놀라운 광경을 목격했다.

강물의 범람으로 귀해진 강변의 모래사장에서 한 무리의 사람들이 치열한 전투를 벌이고 있었던 것이다. 전투는 기괴한 용모를 지닌 네 명의 노인이 두 명의 젊은 남녀를 포위한 상태에서 일방적인 공세를 퍼붓는 형태로 진행되고 있었다.

정확하게 말하면 세 명의 노인은 옆으로 물러나 구경만 했고, 한 명의 노인이 혼자서 젊은 남녀를 상대했다. 그럼에도 불구하고 그는 시종일관 압도적이었다.

남자와 여자는 얼마나 고초를 치렀는지 몰골이 말이 아니었다. 옷은 군데군데 찢어진데다 피까지 흠뻑 뒤집어 써 얼굴을 알아볼 수가 없었다. 특히 여자의 보법이 어딘지 모르게 부자연스러운 것이 다리 쪽에 부상을 입은 듯했다. 그 바람에 주도적인 싸움은 사내가 했다.

강변엔 그들의 일행이었던 것으로 보이는 대여섯 명의 사람이 이미 피를 뿌린 채 주검으로 널브러져 있었다.

필시 노인들이 벌인 일일 것이다.

싸움은 이미 막바지에 다다른 듯했고, 두 명의 젊은 남녀는 한 명의 노인을 상대하는 와중에도 쓰러질 것처럼 위태로워 보였다.

"어떡하죠?"

빙소소가 물었다.

"일단 배를 대봅시다."

장개산이 말했다.

벽사룡이 대망혈제회를 이끌고 전쟁을 이미 시작했다면 사태는 걷잡을 수 없게 된다. 빙소소는 한시라도 바삐 북검맹으로 돌아가 사람들을 만나고 싶은 생각이 간절했다.

장개산이 광원으로 들어가 무림의 돌아가는 정세를 보고 난 이후 행동을 결정하고 했지만, 빙소소는 그게 북검맹으로 가는 여정이라고 생각했다. 한데 이곳에서 만난 무림인들의 싸움에 휘말려 시간만 지체하지 않을까하는 걱정이 앞섰다.

그렇다고 해서 그냥 지나칠 수도 없는 노릇이었다. 만에 하나 선량한 사람들이 나쁜 무리에게 핍박을 받는 중이라면 백도인으로서 힘을 보태주어야 하지 않겠는가. 게다가 저들 또한 무림인들일 것이니 무림의 정세를 물어볼 수도 있었다.

장개산은 삿대를 힘차게 찍었다.

넘실대는 강물을 따라 빠른 속도로 떠내려가던 뗏목이 갑자기 방향을 꺾어 강변의 모래사장으로 향했다. 뒤로 물러난 상태에서 사태를 관망하고 있던 세 명의 노인이 장개산과 빙소소가 탄 뗏목으로 시선을 주었다.

한편, 강변에 서 있던 세 명의 노인은 상류에서 흘러내려오는 뗏목을 진즉에 발견했다. 처음엔 강물이 범람하는 이때 웬 미친놈들이 뗏목을 타고 내려오나 했다. 게다가 저 기괴한 복장은 또 뭐란 말인가.

그러다 그중 한 사람의 체구가 예사롭지 않고, 등에는 오 척은 족히 될 법한 장검을 차고 있는 걸 발견하고는 의아한 생각을 품었다.

그리고 지금 뗏목이 갑자기 방향을 틀어 강변을 향해 다가오자 다소 놀랐다. 갑작스런 무림인의 출현 때문이 아니었다. 거센 물살을 가로질러 다가오는 저 힘에 놀랐다.

한 명의 노인을 상대로 전투를 치르고 있던 젊은 남녀 역시 크게 당황했다. 느닷없이 나타난 뗏목, 엄청난 크기의 검을 찬 장한, 그리고 기괴한 복장을 한 묘령의 여인이 강변을 향해 다가오자 어찌할 바를 몰랐다.

지금 자신들은 강을 등지고 싸우는 탓에 가까스로 목숨을 부지하고 있는 형국이었다. 그런 와중에 갑자기 적 지원군이 강 쪽에서 치고 들어온다면 그땐 정말 방법이 없었다.

차림새로 보건대 뗏목을 타고 오는 자들은 아군보다는 적에 가까웠다. 난생처음 보는 기괴한 옷차림과 그에 어울리는 용모, 보통의 무림인들이라면 사용하지 않는 기병이 폭풍 같은 공세를 퍼붓고 있는 저 노인과 크게 다르지 않았다.

"멈추시오!"

장개산이 뗏목을 강변에 대자 뒤에서 사태를 관망하고 있던 노인들 중 하나가 가볍게 말했다. 장대한 체구에 커다란 월아산(月牙鏟)을 옆구리에 찬 그는 칠십 줄은 되어 보이는 노강호였다. 눈동자는 범의 그것처럼 위협적이고, 눈썹은 칼날처럼 날카로워 한눈에 보기에도 예사롭지 않은 인물임을 짐작케 했다.

그의 한마디에 젊은 남녀를 상대로 맹공을 퍼붓던 노인이 일 장에 달하는 마삭(馬朔)을 크게 휘둘렀다. 그러자 막강한 기세가 뿜어져 나와 젊은 남녀로 하여금 휘청거리며 물러나게 만들었다. 이건 숫제 희롱에 가까운 실력 차이였다.

그와 동시에 젊은 남녀도 등을 서로 맞댄 상태에서 여자는 세 명의 노인을, 사내는 장개산과 빙소소가 탄 뗏목을 향해 검을 꼬나쥐고 대치했다.

"어디에서 온 친구들인가?"

한 마디로 싸움을 멈추게 했던 월아산의 노인이 말했다.

장개산은 즉답을 피한 채 쓰러져 있는 사람들을 쭉 훑어보았다. 어떤 자는 뱃가죽이 뜯겨져 나갔고, 어떤 자는 척추가 보일 정도로 등이 갈라져 있었다.

일반적인 도검이라면 이렇게 처참한 상흔이 생기질 않는다. 하나같이 기형이병에 당한 상처들. 금화선부에서 야신이 이끌고 온 사마외도들에게 죽은 사람들도 이랬었다.

장개산은 다시 고개를 들어 저만치 물러나 있는 네 명의 노인들을 바라보았다. 어쩜 저렇게 조합을 만들었는지 한 사람은 크고, 한 사람은 짧았으며, 한 사람은 뚱뚱하고, 한 사람은 바싹 말랐다.

무기 또한 다채로워서 한 사람은 월아산을, 한 사람은 당파(鐺鈀)를, 한 사람은 장극(長戟)을, 한 사람은 마삭을 들었다. 하나같이 보통의 무림인들은 사용하지 않은 기형이병이다.

무인이 강해지는 데는 크게 세 가지 방법이 있다.

첫 번째는 고절한 무공을 얻는 것, 두 번째는 보병(寶兵)을 얻는 것, 마지막 세 번째는 죽어라고 수련하는 것.

첫 번째와 두 번째는 흔히 기연이라 불리는 인연이 있어야만 가능한 일이었다. 세 번째는 가장 확실하지만 동시에 가장 많은 사람들이 중도에 포기를 하는 방법이었다. 오성이란 사람마다 천차만별인지라 노력의 대가가 언제나 달콤하지만은 않았다.

이 모든 것을 보완하는 것이 바로 기형이병이었다.

기형이병은 누구에게나 낯설었기에 조금만 수련해도 위협적이었다. 빠른 시간 안에 강해지기를 원하는 사마외도들이 기형이병을 선택하는 이유가 여기에 있었다. 기형이병이라는 이점에 무공까지 고절하게 되면 무시무시한 대마두가 탄생하게 되는 것이다.

"무슨 일이오?"

장개산은 사뭇 공격적인 어조로 물었다.

한데 월아산의 노인이 대답하기도 전에 사내와 등을 맞댄 채 노인들과 대치하고 있던 여자가 갑자기 돌아섰다. 그러곤 떨리는 음성으로 물었다.

"장 대협……?"

"나를 아시오?"

장개산의 한마디에 여자는 귀신이라도 본 듯한 표정을 지었다. 그러다 장개산이 여전히 자신을 알아보지 못하고 있다는 사실을 뒤늦게 깨닫고는 얼른 한 손으로 얼굴을 문질렀다. 그러자 붉은 피에 가려져 있던 그녀의 얼굴이 백일하에 드러났다.

"백 장주……?"

그녀는 전날 촉도에서 장개산이 구해주었던 백미랑이었다. 아비인 촉도검왕 백인명이 죽고 난 후 졸지에 만검산장의 장주가 되었던 여자. 하지만 그녀는 남악련에 도움을 청하러 가기로 했었는데, 훨씬 북쪽인 이곳에 왜 나타났단 말인가.

"장주께서 왜 여기에 있는 것이오?"

"장 대협이야말로 죽었다고 들었거늘 어떻게……."

순간, 네 명의 괴노인이 천천히 걸음을 옮겨 사방의 방위를 점했다. 장개산이 백미랑과 얘기를 나누는 순간 적임을 알아차렸기 때문이다.

하지만 그들은 여전히 백미랑이 말한 장 대협이 정확하게 누구를 지칭하는 것인지는 모르는 듯했다. 장삼이사(張三李四)라는 말도 있거니와 흔하디흔한 것이 장씨 성을 쓰는 사람이고 보면 그리 이상한 일도 아니었다.

장개산은 눈 하나 깜짝하지 않은 채 물었다.

"두 총관은 왜 보이지 않는 것입니까?"

두 총관은 만검산장에서 백미랑을 보필하던 두추량을 말한다. 장개산은 그가 귀띔을 해준 덕택에 장안에서 홍쌍표를 만나 금화선부에까지 침투할 수 있었다.

"그는… 죽었어요."

"언제……?"

"사흘 전 저자들에게."

목숨을 잃게 생긴 절체절명의 순간에 또다시 장개산을 만났다. 전날 만검산장에서 그가 보인 신위를 똑똑히 기억하고 있는 백미랑은 그간의 고초가 주마등처럼 스쳐가며 서러움이 복받쳐 올랐다. 저도 모르게 닭똥 같은 눈물이 뚝뚝 떨어졌다.

한편, 장개산의 일행인 빙소소와 백미랑의 일행인 또 다른 사내는 느닷없이 벌어진 상황에 어리둥절한 표정을 지었다.

두 사람이 어떤 사이인지 모르지만 한 가지는 확실했다. 모두 같은 편이라는 것.

두 사람은 누가 먼저랄 것도 없이 병기를 꼬나쥔 채 장개산과 백미랑을 엄호하듯 방위를 점하며 괴노인들과 대치했다.

"자세한 얘기는 나중에 해야겠군요."

말과 함께 장개산이 천천히 고개를 돌렸다.

그는 네 명의 괴노인을 쓸어보며 물었다.

"당신들, 대망혈제회의 인물들인가?"

"너는 누구냐?"

월아산의 노인이 되물었다.

대망혈제회라는 이름이 가지는 심각성을 고려해 볼 때 부정을 하지 않는다는 것은 곧 그렇다는 뜻이다.

두말이 필요없었다.

장개산은 한 손을 어깨 너머로 꺾어 검파를 힘차게 잡아들었다.

스르릉!

날카로운 쇳소리와 함께 오 척에 달하는 참마검이 모습을 드러냈다. 햇빛에 반사된 검이 예기를 뿌리는 순간 검신의 아래쪽에 선명하게 새겨져 있는 다섯 글자가 유독 눈에 띄었다.

십만대적검.

괴노인들의 얼굴이 흑빛이 되었다.

장개산은 몰랐지만 이즈음의 그는 상당히 유명해져 어지간한 무림인들 치고 모르는 이가 없었다. 그를 가장 유명하게 만든 사건은 당연하게도 금화선부에서 있었던 혈사였다.

소문에 그는 섬서무림의 주요인물 수십의 목숨을 구했을 뿐만 아니라 이천에 달하는 대망혈제회의 회도들에게 둘러싸인 상태에서도 포위망을 뚫고 달아났다고 했다.

여기까지만 들으면 영락없는 백도인들의 영웅이었다.

하지만 그런 그조차도 한 사람이 떨친 명성에 비하면 상대가 되질 않았다. 강호는 창산 아래의 지하동혈까지 추격해 들어간 끝에 장개산을 죽이고 전설 속 신수 대망을 만나고 돌아온 벽사룡에 대한 이야기로 들끓었다.

금화선부를 빠져나갈 당시 장개산이 중상을 입었으며, 육사부들 중 두 명에게 심각한 부상을 입힌 등등의 세세한 사정들은 밝혀지지 않은 상태에서 벽사룡은 가히 신처럼 추앙받았다. 반면, 장개산은 백도인들의 영웅에서 하루아침에 벽사룡의 이름을 만방에 떨치기 위한 제물로 전락해 버렸다.

바로 그 장개산이 들고 다니던 오 척의 참마검에 십만대적검이라는 다섯 글자가 씌어져 있었다고 했다. 네 명의 노인은 죽었다고 들었는데 어떻게 살아 있는 것이냐고 묻던 백미랑의 질문을 비로소 이해했다.

"네놈이 진정 장개산이더냐?"

월아산의 노인이 물었다.

좀 전과 달리 착 가라앉은 음성.

"그날 금화선부에 있었던 자들은 아니군."

장개산이 말했다.

한 달 전 혈사가 일어났을 당시 금화선부에 있었다면 자신을 이제야 자신을 알아볼 리 없었다.

"이런, 노루를 쫓았더니 생각지도 않은 범이 걸려들었군. 이런 걸 두고 주장낙토(走獐落兎) 하던가?"

작달막한 키에 어울리지 않게 장오 척에 달하는 당파를 든 노인이 말했다.

"토끼가 아니라 범이니 주장낙호(走獐落虎)라고 해야겠지요."

장극을 든 뚱뚱한 노인이 말했다.

"토끼면 어떻고 범이면 어떻습니다. 소 잡는 칼로 닭 따위나 잡고 있자니 그렇잖아도 거북한 마음이 없지 않았는데 참으로 잘 되었습니다그려."

일장에 달하는 마삭을 든 말라깽이 노인이 말했다.

한순간 눈동자가 커지긴 했지만 그건 죽은 자가 다시 살아난 것에 대한 당혹감에서 비롯된 것일 뿐, 네 명의 노인은 전혀 두려워하거나 놀라는 기색이 아니었다. 오히려 장개산 같은 대어를 만난 것을 행운이라 생각하는 눈치였다.

"조심하세요. 아무래도 당신의 누이가 장병사마(長兵四魔)를 상대로 싸우고 있었던 것 같아요."

빙소소가 작은 소리로 속삭였다.

그녀가 말한 '당신의 누이'는 당연히 백미랑이다. 백미랑이 장개산에게 고자질하듯 일러주고는 눈물을 펑펑 쏟는 모습을 보고 저도 모르게 살짝 질투가 난 탓이다. 하지만 그녀의 말에서 정말 중요한 대목은 장병사마라는 이름이었다.

별호처럼 각각 한 자루씩의 장병을 귀신같이 다루는 그들은 삼십 년 전 산서성에서 처음 모습을 드러냈다. 그때 산서성의 문파 십여 곳에서 온 이백여 명의 무인은 독수광의에게서 떨어져 나온 한 무리를 추격하고 있었다. 그러다 산 하나가 거대한 골짜기로 이루어진 곡산(谷山)으로 들어갔다가 괴이한 용모에 좀처럼 보기 드문 장병을 지닌 네 명의 괴인을 만나게 된다.

이백여 명의 백도무림인은 골짜기를 막아선 네 명의 괴인을 상대로 한 시진을 싸웠다. 결과는 대참패, 이백여 명 중 살아남은 자들은 일곱에 불과했으며 그나마도 전투가 벌어졌다는 소식을 듣고 뒤쫓아 온 후발대가 쓰러진 사람들 중 아직 숨이 붙어 있는 자들을 발견해 살려낸 덕택이었다.

네 명의 괴인에 대한 이야기는 그렇게 살아난 사람들에 의해 세상에 전해졌고, 이후 장병사마라 불리게 되었다. 그때 딱 한 번 자신들의 존재를 세상에 알린 이후 장병사마는 또다시 홀연히 종적을 감추었다.

심지어 내력조차 밝혀지지 않았다.

사람들은 독수광의가 자신들에게 목숨을 빚진 사람들의 명단인 차명부(借命簿)에서 심산의 고수들을 불러냈을 거라고 막연히 짐작했다. 그 무렵 예전엔 존재조차 알려지지 않았다가 느닷없이 등장한 사파의 고수들 대부분이 그런 식이었다.

그리고 삼십 년이 지난 지금 그들이 다시 세상에 등장했다. 청화부인이 저들을 불러냈을 터, 그 옛날 독수광의의 손에 있던 차명부가 아직도 유효한 것일까?

물론 이런 사정을 장개산은 까맣게 몰랐다.

뿐만 아니라 아예 관심조차 없었다.

다만 그는 노인들에게서 시선을 떼지 않은 채 자신과 등을 맞대고 있는, 백미랑의 일행인 듯한 사내에게 말했다.

"난 장개산이라고 합니다."

"단금도입니다."

사내는 짧게 대답했다.

굳게 다문 입술에서 강한 의지가 느껴졌다.

고집스런 인상도 그렇거니와 부릅뜬 두 눈에서 뿜어져 나오는 정광이 예사롭지 않았다. 실제로도 그래서 장개산이 뗏목을 강변에 대기 전까지 사실상 그가 부상당한 백미랑을 보호하며 당파를 든 노인과 싸웠다.

장개산은 만약 백미랑이 없었다면 그가 최소한 당파를 든 노인과는 대등한 수준의 승부를 벌였을 지도 모른다고 생각했다. 사내의 도초는 그만큼 인상적이었다. 무예를 산에 비유하자면 그가 펼친 도초는 거대한 산맥의 기상이 느껴진달까? 예사롭지 않은 내력을 지닌 사람이 분명했다.

사내가 자신의 이름을 말하는 순간 빙소소의 두 눈이 튀어나올 듯 커졌다. 사내가 누구인지를 뒤늦게 알아차린 것이다. 하지만 인사를 나눌 사이도 없이 장개산이 말했다.

"갈 길이 머니 한꺼번에 해치우도록 합시다. 단 형은 마삭을 든 늙은이와 마저 승부를 보십시오. 빙 소저는 장극을 든 늙은이를 맡고, 월아산과 당파를 든 늙은이는 내가 맡겠소."

말이 끝나기 무섭게 장개산이 벼락처럼 신형을 쏘았다.

느닷없이 엄청난 기세로 튀어나온 장개산을 맞이하고도 노인들은 전혀 놀라거나 당황하는 기색이 없었다. 뿐만 아니라 장개산이 홀로 자신들 둘을 상대하겠다는 말에 크게 모욕감을 느낀 듯했다.

"노옴!"

월아산의 노인이 꼼짝 않고 서 있는 상태에서 당파를 든 노인이 홀로 질풍처럼 쇄도해 왔다.

당파는 정봉(正鋒)이라 불리는 중앙의 창날 좌우에 두 갈래로 뻗어 나온 또 다른 날을 가진 병기다. 중앙의 정봉으로는 공격을 하고 좌우의 창날로는 방어를 하기 때문에 그야말로 공격이 곧 방어이고, 방어가 곧 공격이 되는 전천후 병기였다.

장개산으로서는 난생처음 보는 신기한 병기였다.

노인이 당파를 쭉 뻗었다. 일 장의 거리를 남겨둔 상태에서 갑작스럽게 가해온 일격, 하지만 당파는 눈 깜짝할 사이에 장개산의 가슴까지 치고 들어왔다. 장개산은 참마검을 위에서 아래로 힘차게 내려쳤다.

깡!

귀청을 찢는 굉음과 함께 좌우의 창날을 참마검에 걸린 당파는 땅바닥으로 곤두박질쳤다. 당파에서 파(鈀) 자를 따 파마(把魔)라는 별호를 얻은 노인은 말할 수 없이 거대한 힘의 파동을 느꼈다. 이토록 엄청난 힘은 맹세코 처음이었다.

단 한 번의 격돌로 파마는 놈을 지나치게 얕보았음을 뒤늦게 깨달았다. 이천의 회도들에게 포위를 당한 상태에서도 빠져나갔다는 건 둘째 치더라도, 육사부 중 두 명이 부상을 당했다면 그럴 만한 이유가 있었던 것인데 그걸 너무 쉽게 생각했다.

뒤늦게 정신을 차린 파마는 한 걸음을 물러나며 당파를 쭉 뻗었다. 상대의 병기가 미치지 못하는 거리에서 갑작스럽게 반격을 하는 이 수법은 그가 가진 절기 중의 하나였다. 장오 척에 달하는 당파가 돌풍처럼 회전하며 장개산의 전권을 뚫 어갔다. 흡사 수십 개의 창날이 박힌 바퀴가 쇄도하는 듯한 기세.

장개산은 맹렬하게 회전하는 창날의 전권 속으로 참마검 을 가볍게 찔러 넣었다.

따다다당!

굉음과 함께 불꽃이 사방으로 튀었다. 순간 이상한 일이 일 어났다. 분명 검을 두들기고 압박하는 것은 당파인데, 어쩐 일인지 당파가 검에 묶여 이리저리 흔들리는 것처럼 보였다.

그러다 어느 순간, 장개산이 참마검을 아래로 힘차게 뿌렸 다. 무서운 속도로 회전하던 당파가 모래를 사방으로 헤치며 땅속을 파고들었다. 그와 동시에 아래로 빠져나갔던 참마검 이 허공에서 한 바퀴를 빙글 돌아 파마의 정수리로 묵직하게 떨어졌다.

눈으로 보고도 믿을 수 없는 엄청난 속도, 대경실색한 파마 는 체면을 돌볼 겨를도 없이 당파도 내팽개친 채 급박하게 바 닥을 굴렀다. 정수리를 아슬아슬하게 스쳐간 참마검은 또 다시 비현실적인 속도로 방향을 꺾어 파마의 허리를 비스듬히 베어갔다.

이대로라면 허리가 두 쪽 날 상황. 갑자기 좌방에서 묵직한 경기와 함께 월아산이 튀어나와 장개산의 가슴을 쓸어왔다. 지켜보고 있던 월아산의 노인이 기습을 가한 것이다.

파마를 베려니 월아산에 가슴을 찢길 상황이고, 물러나자니 기껏 잡아놓은 파마를 놓칠 상황이었다. 순간, 장개산은 검로를 바꾸어 월아산을 위에서 아래로 힘껏 내려쳤다.

깡!

묵직한 음향과 함께 참마검의 막강한 힘을 이기지 못한 월아산은 앞서 당파가 그랬던 것처럼 아래로 곤두박질쳤다. 동시에 참마검을 피해 필사적으로 바닥을 구르고 있던 파마의 옆구리로 '퍽!' 소리를 내며 뚫고 박혔다.

"커헉!"

파마의 허리가 활처럼 휘었다.

고통을 참지 못한 파마의 머리가 지면에서 떨어지는 순간 장개산의 묵직한 발길질이 안면에 가해졌다. 퍽! 소리와 함께 파마의 고개가 사정없는 속도로 꺾여 버렸다. 흡사 거대한 철퇴에 가격당한 듯한 느낌.

장병사마 중 가장 연륜이 높은 산마(山魔)는 황급히 월아산을 회수하고 물러났다. 월아산에 옆구리를 뚫리고 안면에 일각을 맞은 파마는 생의 마지막 몸부림을 하듯 의식을 잃은 상태에서 부르르 경련을 일으키더니 이내 축 늘어졌다.

형체를 알 수도 없을 정도로 함몰된 그의 안면에서 검붉은 피가 흘러내려 모래 바닥을 적셨다.

산마는 천천히 고개를 들어 장개산을 응시했다.

월아산은 장봉에 초승달 모양의 칼날을 붙여놓은 병기다. 일부 불교 종파에서 의식을 치를 때 사용한다는 이유로 선장(禪杖)이라고도 불리는 이 병기의 무서움은 찌르는 것이 곧 베기가 되는 공능에 있었다.

애초 그가 장개산의 전권을 향해 월아산을 깊숙이 내지른 것은 당연하게도 참마검을 회수하도록 만들어 파마를 지키기 위한 것이었다. 찌르는 동시에 도가 지나간 것처럼 가슴에 일(一) 자 모양의 구멍이 뻥 뚫리는 월아산과 그 월아산에 실린 자신의 내력을 감당할 수 있는 사람은 없다고 믿었다.

한데 놈이 검로를 바꾸어 월아산을 후려칠 줄이야.

더구나 참마검에 튕겨난 자신의 월아산이 엉뚱하게도 파마의 옆구리를 뚫어 버릴 줄이야. 동료를 지키려고 내뻗은 월아산이 오히려 그 동료를 죽여 버린 셈이었다. 보통 비범한 놈이 아니었다.

"우리가 큰 실례를 했군."

산마가 말했다.

그의 솔직한 심정이었다.

"개의치 마시오. 몇 배로 돌려줄 테니까."

장개산은 가볍게 응수했다.

"너무 자만하지 말게. 승부는 이제부터 시작이니까."

장개산은 참마검을 오른쪽으로 가져가며 방향을 살짝 트는 것으로 대답을 대신했다. 말로만 나불거리지 말고 어서 공격을 해오라는 뜻이다. 지저빙호에서 죽음과 맞닥뜨린 이후 몸에서 솟구치는 활력을 이제 감당할 수 없을 정도였다. 지금의 기분만으로는 산이라도 밀어버릴 수 있을 것 같았다.

산마가 도약했다.

순식간에 커지는 그를 보며 장개산은 참마검을 힘차게 휘둘러갔다. 순간, 월아산을 힘차게 뻗어올 거라는 예상과 달리 산마의 신형이 갑자기 아래로 쑥 꺼졌다. 후방을 향해 있던 월아산이 벼락처럼 솟구치며 쇄도해 온 것도 동시였다.

야신과 비교해도 손색이 없을 정도의 가공할 속도. 여러 번의 기회가 없을 것임을 직감한 산마가 장개산의 하단전을 노린 것이다. 단 일수에 숨통을 끊어 놓겠다는 심산이었다.

하지만 장개산은 예전의 그가 아니었다. 바닥을 짧게 박찬 장개산은 산마의 월아산을 가볍게 타고 넘으며 체공 상태에서 아래를 향해 참마검을 힘껏 찍었다.

퍽! 소리와 함께 산마의 등을 뚫고 들어간 검은 바닥까지 깊숙이 박혔다. 물 흐르듯 바닥을 타고 쇄도하던 산마는 곡괭이에 찍힌 쥐처럼 그 자리에서 우뚝 멈춰 버렸다. 바닥에 떨어진 산마의 몸 전체가 경련을 일으키기 시작했다. 배 아래에서 검붉은 핏물이 흥건하게 번졌다. 한참을 부르르 떨던 산마의 신형이 이윽고 잠잠해졌다.

숨이 끊어진 것이다.

그야말로 눈 깜짝할 사이에 벌어진 일.

일순 좌중에 섬뜩한 냉기가 흘렀다.

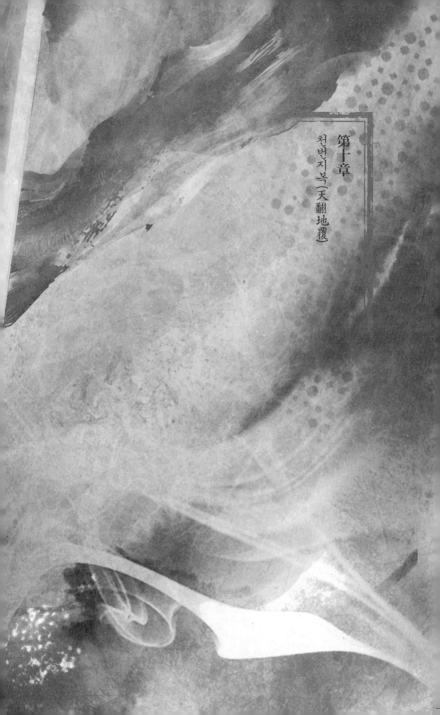

第十章

천번지복(天翻地覆)

　백미랑은 눈앞에서 벌어진 참상이 쉽게 받아들여 지지 않
았다. 세상에 크게 알려지지 않았을 뿐, 장병사마는 개개인이
일문의 장로들과 견주어도 손색이 없을 정도의 초절정 고수
들이었다. 그런 괴물들을 순식간에 죽여 버리는 무예라니.

　한 달 전 만검산장에서 보았을 때도 강했던 장개산이었지
만 지금은 그때와 또 달랐다. 게다가 전신에서 뿜어져 나오는
저 엄청난 살기. 저건 도저히 백도인의 그것이라 볼 수 없을
만큼 짙었다. 마기, 그건 마기에 가까웠다. 도대체 그에 무슨
일이 있었기에.

당혹스럽기는 단금도와 빙소소 역시 마찬가지였다.

단금도는 소문으로만 듣던 장개산이 저토록 고강한 무예의 소유자였다는 사실에 놀랐고, 빙소소는 빙소소대로 예전과는 비교도 할 수 없을 만큼 빨라진 장개산의 검에 당황했다.

세 사람이 아무리 놀라고 당황한들 두 명의 노인만 할 것인가. 삭마(朔魔)는 머릿속이 하얘졌다. 넷이 하나로 묶여 장병사마로 불렸지만 산마와 파마는 자신과 극마(戟魔)보다 윗줄에 있는 고수들이었다.

나이가 서너 살만 차이가 났더라도 응당 형님으로 불렸어야할 강자들. 그런 고수들이 제대로 된 공방 한 번 벌여보지 못하고 단 이합 만에 죽어 버렸다. 그것도 너무나 어이없고 비참하게.

저토록 강한 놈이 어떻게 벽사룡에게 죽었는지 모르겠다. 아니다, 놈은 죽지 않았다. 그랬기에 지금과 같은 상황이 벌어진 게 아니던가. 두 사람은 누구를 만났는지 비로소 실감했다.

이렇게 된 이상 놈이 가세하기 전에 승부를 보아야 한다. 살아남는 방법은 단금도와 정체 모를 저 계집을 인질로 잡아 여기를 빠져나가는 수밖에 없었다.

단금도를 상대로 한 삭마의 공세가 더욱 더 거세졌다.

단금도는 어금니를 꽉 깨물었다.

비슷한 나이에 장개산은 장병사마 중 가장 강하다는 두 명을 눈 깜짝할 사이에 해치워 버리는데 '남악의 용' 이라 불리는 자신이 한 명을 당해내지 못한데서야 말이 되겠는가.

그는 젖 먹던 힘까지 쥐어짜 삭마를 상대했다.

마삭은 역린이 달린 장창(長槍)을 일컫는 말로 본디 돌격기병들이 마상에서 휘두르는 병기다. 마상의 병기답게 길이가 일 장에 육박할 만큼 장병 중의 장병이다. 반면 단금도는 사척을 겨우 넘길 것 같은 도(刀)를 들었다. 사 척이면 결코 짧은 칼이 아니었지만 마삭을 상대하기에는 터무니없이 짧았다.

여기서 문제가 발생했다.

단금도는 근접전을 펼쳐야 하는데 상대적으로 긴 마삭이 종횡무진 전권을 뚫고 들어오는 바람에 도무지 다가갈 수가 없었다. 게다가 삭마의 내공이 결코 얕지 않아서 마삭의 창끝에서는 연신 벼락같은 기운이 터져 나오고 있었다.

앞서의 격돌과 동일한 상황이었다. 일생의 절기를 모두 쏟아부으며 가까스로 삭마의 폭풍같은 공세를 막아내고 있지만, 반격의 기회를 잡지 못하면 반드시 저 날카로운 창날에 어느 한 곳을 꿰뚫리고 말리라.

깡깡!

금도는 도초를 질풍처럼 휘둘러 마삭의 창날을 두들기는 와중에도 뒷걸음질치기 바빴다. 도초에 맞은 마삭의 창날이 방향을 트는 순간을 노려 전권을 파고들라 치면 어느새 쭉 빨려들어 간 창날이 급소를 노리고 또다시 쇄도해 왔다.

도는 베고, 창은 찌르는 병기라는 말이 이토록 실감날 수가 없었다. 단금도가 창날을 후려치면, 튕겨 나갔던 창날이 어느새 제자리로 돌아와 다시 찔러오는 공방이 눈 깜짝할 사이에 이십여 합이나 이어졌다.

'이대로는 필패다!'

아니나 다를까, 사달이 벌어지고 말았다.

장개산이 축 늘어진 산마의 등을 밟고 참마검을 뽑은 다음 천천히 돌아서는 순간 시간이 얼마 없음을 깨달은 삭마가 과감한 한 수를 펼친 것이다. 그는 무려 세 걸음이나 닥쳐오며 마삭을 깊숙이 찔렀다.

따다다당!

엄청난 진기가 실린 도첨과 마삭의 창날이 어지럽게 얽히던 그때, 단금도는 보법이 흐트러지며 한순간 중심을 잃었다. 그 틈을 노리고 창날이 단금도의 왼쪽 옆구리를 기운차게 뚫고 들어왔다.

놀라운 것은 단금도의 반응이었다. 휘청거리던 그가 갑자기 창날을 옆구리에 박은 상태에서 질풍처럼 달려 나가며 도

를 휘둘렀다. 창간이 단금도의 옆구리를 관통해 지나갔음은
물론이었다.

대경실색한 삭마는 철판교의 수법을 펼쳐 황급히 상체를
꺾었다. 그와 동시에 마삭을 힘껏 들어 올려 창간에 꿰인 단
금도를 바깥으로 던져 버리려 했다. 하지만 단금도의 도가 간
발의 차이로 빨랐다.

스각!

섬뜩한 살음과 함께 삭마의 목덜미에 기다란 혈선이 생겨
났다. 삭마는 마삭도 놓아버린 채 피가 분수처럼 솟구치는 목
덜미를 부여잡고 뒷걸음질쳤다. 그러다 백미랑이 뒤에서 내
지른 일검을 맞고는 그 자리에 풀썩 쓰러졌다. 목과 등에서
피를 철철 쏟아내던 삭마는 한마디 비명조차 지르지 못하고
그 자리에서 죽어버렸다.

단금도 역시 고통을 이기지 못하고 무릎을 털썩 꿇었다. 백
미랑이 황급히 달려가 단금도를 부축했다.

"단 공자!"

"괜찮소. 잠시 현기증이 났을 뿐이오."

단금도는 옆구리를 내어주고 대신 삭마의 목을 베었다. 장
개산이 산마의 등에서 칼을 뽑는 순간 삭마가 평정심을 잃은
것이 결정적이었다. 그렇지 않았다면 삭마가 그토록 무모한
공격을 하지 않았을 테니까. 결국 장개산이라는 존재가 뽑어

내는 위압감이 자신과 삭마의 싸움에게까지 영향을 미친 셈이었다.

단금도가 계속해서 밀리다 단 한 번의 반격으로 삭마의 목숨을 취한 것과 달리 빙소소는 처음부터 대등한 수준의 공방을 주고받으며 극마와 건곤일척의 승부를 벌이고 있었다.

이는 빙소소 스스로도 매우 놀라운 일이었다.

강동무림에서 제법 이름을 떨쳤다고는 하나 아직까지는 후기지수에 불과한 자신이 장병사마 중 일인인 극마를 상대로 오십여 합이나 겨룰 수 있을 줄은 몰랐다.

'사혼구검이 이토록 빨랐었나?'

모두 후동관으로부터 격체전공을 통해 전이받은 가공할 공력 때문이었다. 공방이 계속될수록 힘이 쇄하기는커녕 점점 강해졌다. 마공이 내면에 잠재된 힘을 육체의 한계를 넘어서는 수준까지 끌어올리기 때문이다.

빙소소는 오늘의 이 싸움이 무인으로서 자신의 일생에 엄청난 변화를 몰고 올 시발점이 될 것임을 직감했다. 장개산이 두 명의 노마두를 순식간에 쓰러뜨리고 난 이후에도 자신과 극마의 싸움에 끼어들지 않는 것도 그것을 알아차렸기 때문이다.

하지만 노련함은 무서운 것이어서 극마의 장극은 몇 번이나 빙소소의 목숨을 위협했다.

극(戟)은 창날에 원(援)이라 불리는 낫 모양의 날이 수직으로 달려있는 것을 말한다. 다른 세 명의 병기와 같이 장극 역시 보기 드문 장병에 속하는데 찌르고, 막고, 당기는 모든 동작이 곧 공격이 되는 무시무시한 병기였다.

장병은 곧 중병인 바, 극마의 공격은 시종일관 묵직했다. 단 한 번이라도 제대로 걸리면 몸이 남아나질 않을 것이다. 반면 빙소소의 협봉검은 극쾌를 추구하는 사혼구검의 공능을 최대로 발휘하기 위한 병기였다.

묵직한 검과 가벼운 검의 대결이니 빙소소의 입장에서는 오직 속도로만 승부를 봐야 하지만, 상황은 전혀 그렇게 흘러가질 않았다.

쉰 근을 족히 될 법한 장극을 들고도 극마의 초식은 눈으로 쫓을 수 없을 만큼 빨랐다. 거기에 한 번 휘두를 때마다 평생의 공력이 실리니 사위는 순식간에 극마가 일으킨 돌풍으로 윙윙거렸다.

그럼에도 불구하고 공방이 이어지는 것이 볼수록 신기했다. 회초리처럼 가늘고 낭창거리는 협봉검이 가공할 속도에 거력까지 실린 극마의 장극을 모조리 받아내고 있었던 것이다.

싸움은 순식간에 백여 합까지 이어졌다.

그때부터 조금씩 변화가 오기 시작했다. 장개산이 지켜보고 있는 탓에 마음이 다급해진 극마는 공력을 극한까지 끌어올렸다. 하지만 백여 합의 공방을 주고받고서도 빙소소를 제압하지 못하자 호흡이 점점 거칠어지고 있었다.

반면, 빙소소는 오히려 더 차분해져 갔다. 어느 순간부터는 검과 하나가 되었다. 극마가 어느 방향에서 어떤 각도로 장극을 뻗어 오더라도 너무나 간단하게 피해 버렸다. 그 모습이 물살에 나부끼는 물풀 같기도 하고 바람에 흔들리는 갈대 같기도 했다.

마치 꿈을 꾸는 것 같았다.

처음엔 막기에 급급하던 자신의 검초가 어느새 극마의 장극을 통제하고 있었다. 극마의 눈동자에 담긴 다급함을 읽는 순간 빙소소는 확신했다. 이 승부는 자신의 승리가 될 것임을.

그때였다.

빙소소의 신형이 한줄기 돌풍이 되어 폭풍처럼 터지는 장극을 비집고 극마의 전권 속을 파고들었다. 그와 동시에 수십 개의 검영이 난무하며 극마의 전신을 에워쌌다.

파파파파팟!

검초의 속도를 따라잡지 못한 극마는 양팔을 발작적으로 휘두르며 뒷걸음질을 쳤다. 하지만 그의 몸 곳곳에서 터진 핏물은 순식간에 상체를 시뻘겋게 물들였다. 빙소소가 온몸을 난자해 버린 것이다.

빙소소가 서너 걸음을 물러난 끝에 멈춰 섰다.

홀로 남은 극마는 장극을 바닥에 힘차게 찍으며 한쪽 무릎을 털썩 꿇었다. 약관을 겨우 넘겼을 것 같은 저 애송이 계집 따위에게 자신이 당했다는 사실이 아직도 믿기지 않는 듯, 그의 두 눈은 의혹과 불신으로 가득했다.

"너는… 누구냐?"

그는 진심으로 알고 싶었다.

자신을 쓰러뜨린 저 약관의 계집이 대체 어떤 내력을 지녔는지. 하지만 대답 대신 돌아오는 것은 옆에서 떨어진 참마검이었다. 장개산이 고통을 줄여주기 위해 목을 쳐버린 것이다.

퍽!

소리와 함께 어깨에서 떨어진 목이 바닥을 굴렀다.

빙소소는 부들부들 떨며 자신의 손을 내려다보았다. 혼전의 순간에는 물아의 경지에 접어들었지만, 막상 싸움을 끝내고 보니 자신에게 무슨 일이 일어났는지를 비로소 알 것 같았다.

'이것이 마공의 힘……!'

"두렵소?"

장개산이 다가와 물었다.

빙소소는 천천히 고개를 들고 장개산을 바라보았다.

장개산의 말이 다시 이어졌다.

"두려워 할 것 없소. 살인마의 칼도 협객의 손에 쥐어지면
세상을 이롭게 하듯, 나는 모든 것이 사람에게 달려 있다고
믿소. 소저는 분명 그 힘을 이롭게 쓸 것이오."

마공이란 그 자체만으로 인성과 육체를 파괴하기에 마공
이라 부른다. 하지만 꼭 그럴까? 그렇게 따지면 육사부는 모
두 미치광이에 살인마여야 하지 않는가.

다른 사람들은 몰라도 후동관만은 그렇지 않은 것 같았
다. 그는 야망이 큰 무림의 여느 고수들과 크게 다르지 않았
다.

결국 익히는 과정에서 비인간적이고 사악한 면이 있었다
하더라도 스스로 통제하면 이후의 문제는 막을 수 있다. 장개
산은 그걸 말하고 싶었는지도 모른다.

빙소소는 그제야 입가에 엷은 미소를 지었다.

자신은 몰라도 장개산은 어떤 상황에서도 그만의 길을 갈
것이다. 죽음까지 극복한 그가 한낱 심마 따위를 이기지 못할
리 없었다. 그런 그와 함께라면 설혹 마기가 극에 달해 자신
의 육신을 장악한다고 해도 두렵지 않았다.

두 사람은 나란히 단금도와 백미랑에게 다가갔다.

옆구리를 관통당한 단금도는 모래사장에 정좌하고 앉은

채 백미랑의 치료를 받고 있었다. 옆구리를 관통당하는 것은 결코 간단한 부상이 아니다. 보통 사람이라면 바닥에 드러누워 가쁜 숨을 몰아쉬고 있어야 한다. 빙소소는 단금도의 기개에 '역시'라는 생각이 절로 들었다.

"좀 어떻습니까?"

장개산이 단금도에게 물었다.

"걱정 마십시오. 이 정도로 죽을 내가 아닙니다."

단금도가 억지로 미소를 지어보이며 말했다.

단금도로서는 옆구리가 아니라 가슴을 뚫렸어도 웃을 수밖에 없었다. 죽을 목숨을 건졌는데 이까짓 옆구리 뚫린 게 무슨 대수일 것인가.

장개산은 이제 백미랑에게로 시선을 옮겼다.

정확하게 상태가 어떤지를 묻는 것이다.

"천만다행으로 장기를 피해갔어요. 마침 열양신단(熱陽神丹) 한 알이 있으니 서둘러 치료를 하고 반 시진 정도 운공을 하고 나면 움직일 수는 있을 거예요."

말을 하는 와중에도 백미랑은 손을 빠르게 놀리며 단금도를 치료해 나갔다. 그녀는 허락도 받지 않고 단금도의 품속을 뒤져 하얀 옥병을 꺼내더니 밀랍을 제거했다. 그러자 이루 말할 수 없이 고약한 냄새와 함께 시커먼 단약이 모습을 드러냈다.

백미랑은 단약을 손바닥 위에 올려놓고 물에 갠 다음 역청처럼 질질 늘어지는 반고체 상태의 단약을 단금도의 옆구리 상처에 부어 넣기 시작했다. 약물이 유입되면서 고통이 느껴지는지 단금도의 표정이 한순간 굳어졌다.

　"남악련에 전해져 오는 영약이에요. 병기에 의한 내상을 치료하는 데 영험한 공능이 있지요. 십 년 동안 딱 세 알을 만들었다고 들었는데 하늘이 도왔군요."

　빙소소가 대신 설명했다.

　백미랑은 뜻밖이라는 표정을 지었다.

　그때 빙소소가 단금도에게 다가가 포권을 지어 보이며 말했다.

　"남악의 청룡을 여기서 뵙는군요. 저는 북검맹의……."

　"북검맹 흑풍조 다섯 번째 조원 빙소소 소저이시지요? 사사로이는 포검문의 영애이기도 하시고."

　"그걸 어떻게……?"

　"빙 소저께서 장 대협을 구출해 도주하다 벽사룡이 이끄는 추격대에게 죽임을 당했다는 소문이 자자합니다. 한데 장 대협께서 죽지 않고 살아계시니 곁을 지키는 여협은 당연히 빙 소저가 아니겠습니까? 정말 반갑습니다."

　단금도의 말에서 진심이 느껴졌다.

　빙소소는 그만 웃을 수밖에 없었다.

어리둥절해하는 장개산에게 빙소소가 단금도를 정식으로 소개했다.

"남악련주이신 삼무신도(三無神刀) 단금성 대협의 자제분이세요."

남악련은 사천성과 운남성에 걸쳐 있는 다섯 개의 산중문파가 연합한 세력이다. 북검맹처럼 큰 규모는 아니지만 각 문파가 지닌 유구한 역사로 말미암아 사천성과 운남성 일대에서는 막강한 영향력을 행사했다.

그런 남악련을 이끄는 거인이 바로 삼무신도 단금성이었다. 도에 관한 한 적수를 찾기 어렵다는 초절정의 고수, 그의 진전을 이은 유일한 핏줄이 바로 단금도였다.

장개산은 청옥산에 살던 시절 목재를 팔러 나갔던 인근 소도시 혜양에서 단금도라는 이름을 들어보았던 것이 뒤늦게 생각났다.

남악지룡(南嶽之龍) 단금도, 삼무신도의 아들이자 남악련 최고의 후기지수라고 했던가. 그때는 까마득히 먼 세상의 사람들의 이야기인 줄 알았는데 오늘 여기서 그를 이렇게 만날 줄이야.

장개산이 단금도를 향해 다시 한 번 고개를 끄덕였다. 단금도도 답례로 웃으며 고개를 끄덕여 주었다. 서로의 신분을 아는 상태에서 정식으로 인사를 한 것이다.

그때 빙소소가 옆구리를 쿡쿡 찌르며 백미랑을 곁눈질했다. 장개산은 그제야 백미랑을 소개시켜 달라는 말임을 깨달았다. 한데 백미랑이 선수를 쳤다. 그녀가 자리에서 일어나더니 빙소소에게 포권을 쥐어 보이며 말했다.

"인사드리겠습니다. 만검산장의 백미랑입니다."

"반가워요. 장 소협으로부터 말씀을 전해 들었답니다. 선대인에 관한 일은 진심으로 조의를 표합니다."

백미랑은 잠시 장개산을 바라본 후 말했다.

"고맙습니다."

두 사람의 인사는 매우 짧았지만, 오가는 눈빛 속에 담긴 감정은 매우 복잡한 것이었다.

빙소소는 처음 백미랑을 만났을 때부터 그녀가 장개산을 마음에 두고 있었음을 알아차렸다. 저 답답한 사내는 까맣게 몰랐겠지만 말이다.

"두 번씩이나 목숨을 빚졌군요. 이 은혜를 어떻게 갚아야 할지……."

백미랑이 다시 장개산을 향해 인사를 했다.

"마침 저희의 힘이 미치는 곳에 계시길 다행이었습니다. 하늘이 도왔습니다."

백미랑은 빙소소와 비슷한 나이로 무림에서는 후기지수에 속했다. 그럼에도 불구하고 장개산은 유독 백미랑에게만은 다른 후기지수들을 대하는 것과 달리 깍듯했다. 나이는 어릴 지언정 엄연한 만검산장의 장주였기 때문이다.

하지만 장개산을 마음에 둔 빙소소는 이런 속사정까진 생각지 못했다. 다만 장개산이 백미랑에게 유난히 예의 바르게 구는 모습이 자꾸만 얄미웠을 뿐.

그때 단금도가 갑자기 옆구리를 부여잡고 고통스런 표정을 지었다. 약효가 번지면서 고통이 더욱 심해진 것이다. 단금도는 애써 표정을 바꾸며 말했다.

"잠시 실례를 해야겠습니다."

운공을 하겠다는 뜻이다.

제아무리 갈길이 멀어도 중상을 입은 사람을 무리하게 끌고 갈 수는 없었다. 세 사람은 단금도를 강변의 조용한 풀숲에 홀로 놓아두고 조금 떨어진 곳에서 호법을 섰다. 그가 운공을 끝내는 즉시 함께 움직이기로 한 것은 말할 것도 없었다.

"어떻게 된 거죠? 두 분께서 벽사룡의 검에 당해 이미 이 세상 사람이 아니라는 소문이 파다하게 돌고 있어요."

백미랑이 물었다.

"한 달 정도 창산 아래의 컴컴한 지저빙호에 갇혀 있었습니다. 현재로선 그렇게밖에 말씀드릴 수 없군요. 그보다 두

분이야말로 왜 저들에게 쫓기고 있었던 겁니까?'

장개산이 되물었다.

이때까지만 해도 장개산과 빙소소는 백미랑의 입에서 얼마나 엄청난 말이 흘러나올지 짐작조차 못했다.

백미랑은 무슨 말을 어떻게 꺼내야 할지 모르겠다는 듯 한참 동안 한숨만 쉬었다. 그러다 무겁게 입을 열었다.

"장 대협께서 떠난 직후 저는 지원군을 요청하기 위해 곧장 남악련으로 향했어요. 만검산장에서 있었던 일을 모두 들은 남악련주께서는 장로이자 민산검문(岷山劍門) 문주이신 소천기검(少天奇劍) 곡하상 대협께 일천의 병력을 내어주시며 촉도를 지키게 했어요. 촉도가 무너지면 남악련 전체가 무너진다시며. 단금도 공자께서도 그때 출발한 일행 중 한 분이셨죠. 그런데 그게 패착이었어요."

"······?"

"······?"

"남악련을 떠나자마자 이상한 말이 들려오기 시작했어요. 처음엔 그 말을 믿을 수 없어서 수뇌부가 장안에 있는 사람들에게 몇 번이고 전서를 보내고 또 받았어요. 하지만 되돌아오는 소식은 점점 더 심각해져 갔죠. 처음엔 금화선부에서 혈사가 일어나 섬서무림맹의 탄생을 보기 위해 몰려든 무림인 천여 명이 몰살을 당했다는 소식이었어요. 하루가 더 지난 뒤에는 장 대협과 빙 소저께서 도주하던 중 벽사룡에게 죽었다는 소식이, 또 하루가 지난 뒤에는 벽사룡이 대망혈제회의 회주가 되었다는 소식이 들려왔어요."

장개산과 빙소소가 함께 표정을 굳혔다. 벽사룡이 회주가 되었다는 말에서 그가 대법을 무사히 통과했다는 사실을 알 수 있었다. 드디어 올 것이 오고야 말았다. 한데 더 심각하고도 중요한 말이 백미랑의 입에서 흘러나왔다.

"그리고 사흘이 지나 만검산장에 도착할 무렵, 저희는 남악련이 정체를 알 수 없는 세력으로부터 공격을 받고 있다는 소식을 들었어요."

금화선부의 병력이 남악련을 공격하려면 반드시 촉도를 지나야 했다. 그나마 전 병력이 말을 타고 쉬지 않고 달려야 겨우 사흘 안에 도착할 수 있다.

촉도는 민산검문주가 일천의 병력을 이끌고 지켰는데 어떻게 그들이 남악련을 공격할 수 있단 말인가? 당연하게도 그들은 금화선부로 집결하던 병력이 아니었다.

"그래서 어떻게 되었습니까?"

장개산이 백미랑을 재촉했다.

"남악련에서 혈사가 벌어졌다는 소식을 들은 지 반나절 만에 벽사룡이 일만의 병력을 이끌고 촉도로 내려왔어요. 우리는 채 한 시진도 버티지 못했어요. 곡하상 대협을 비롯해 일천의 병력 대부분이 까마득한 촉도의 벼랑 아래로 떨어져 죽었죠. 저와 단 공자는 살아남은 사람들을 이끌고 가까스로 도망을 쳤고요."

"북검맹은 어떻게 되었나요?"

빙소소가 달뜬 음성으로 물었다.

남악련이 공격을 받았다면 북검맹도 무사할 리가 없었다. 남악련은 북검맹으로 진격하는 과정에서 거치는 관문일 뿐이었다. 그녀는 벌써부터 심장이 벌렁거리고 있었다. 북검맹엔 아버지가 있고, 사형제들이 있으며, 피를 나눈 형제만큼이나 뜨거운 정을 나운 흑풍조의 선배들이 있었다.

"나중에 안 사실인데, 남악련에서 혈사가 벌어지던 그때 북검맹 역시 정체를 알 수 없는 세력으로부터 공격을 받았다더군요. 확인할 수는 없지만 양측 모두를 합쳐 무려 십만에 육박하는 병력이 봉기했다는 소문도 있어요. 그들의 뒤는 상계가 있다는 말도 떠돌고 있고요."

"좌도방문……!"

빙소소가 착 가라앉은 음성으로 말했다.

십수 년 전부터 강호에 꾸준히 나돌기 시작해 수년 전부터는 걷잡을 수 없을 만큼 빠른 속도로 퍼졌다는 좌도방문의 비급.

그 비급들을 익힌 사마외도들이 장안에서 그랬던 것처럼

남악련과 북검맹 인근에 집결해 있다가 일시에 공격을 시작한 것이다.

십만이라는 엄청난 숫자 앞에 장개산과 빙소소는 꿀 먹은 벙어리가 되어 버렸다. 북검맹과 남악련을 모두 합쳐야 오천 명이 조금 넘는다.

중원무림의 백도문파들이 모두 북검맹과 남악련에 속한 것은 아니었지만, 각자의 이익에 따라 활동하던 그들이 느닷없이 튀어나온 단일세력으로서의 십만 병력을 감당할 수는 없다.

"그래서 어떻게 되었습니까?"

장개산이 빙소소를 대신해 물었다.

"처음엔 치열하게 공방을 주고받았다고 들었어요. 하지만 칠주야가 흐른 후 벽사룡이 용 같고 범 같은 대망혈제회의 본대를 이끌고 나타면서 승부가 갈라지기 시작했다고 했어요."

장개산과 빙소소는 심장이 쿵 내려앉는 것 같았다. 백미랑은 이제부터 아주 어려운 말을 하려는 듯 잠시 사이를 두었다가 천천히 입을 열었다. 그녀의 입에서 도저히 믿을 수 없는 이야기가 흘러 나왔다.

"이제 북검맹과 남악련은 없습니다. 뿐만 아니라 백도의 그 어떤 연합세력도 존재하지 않아요. 그 옛날 상왕이 동원한 백도무림인들을 피해 사마외도들이 필사적으로 도주했던 것처럼, 이제는 그들의 후예들로부터 추격을 받는 백도무림의 패잔병들만 존재할 뿐이죠. 바로 저희처럼요."

『십만대적검』 8권에 계속…

이제부터 전자책은

이젠북

www.ezenbook.co.kr

새로운 세계가 열린다!

서현 『조동길』   남운 『개방학사』   백연 『생사결』
목정균 『비뢰도』   좌백 『천마군림』   수담옥 『자객전서』
용대운 『천마부』   설봉 『도검무안』   임준욱 『붉은 해일』
진산 『하분, 용의 나라』   천중화 『그레이트 원』

이름만 들어도 황홀할 정도의 별들의 향연!

이들의 "유료연재"가 시작됩니다!

검색창에 **이젠북** 을 쳐보세요! ▼ 🔍

무정철협

월인 新무협 판타지 소설

FANTASTIC ORIENTAL HEROES

「두령」, 「사마쌍협」, 「장흥관일」의 작가 월인
2013년 벽두를 여는 신무협이 온다!

삭초제근(削草制根)!
일단 손을 쓰면 뿌리까지 뽑아버렸다.

무정(無情)!
검을 들면 더 이상 정을 논하지 않았다.

그래서 나는 무정철협이 되었다.

진정한 협(俠)을 아는가!
여기 철혈의 사내 이한성이 있다!

「무정철협」

Book Publishing CHUNGEORAM

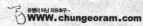

FUSION FANTASTIC STORY

천중화 장편 소설

세계 유일의 남자

역사를 목격한 적이 있는가.
지금, 세상을 뒤엎을 사내가 온다!

스포츠 만능에, 수많은 여인의 애정까지…
골프계를 뒤흔드는 골프 황제 김완!

그런데 이 남자의 향기가 심상치 않다.

할머니의 비밀과 부모의 죽음.
그에게 전해진 사건들이 이 남자를 뒤흔들고,
이제 그의 행보가 세상을 움직인다!

『세계 유일의 남자』

평범한 남자라고 생각했는가?
천만에! 이자는… 세계 유일의 남자다!

Book Publishing CHUNGEORAM

유행이 아닌 자유추구 -
www.chungeoram.com

FUSION FANTASTIC STORY

죽은 자들의 왕

페리도스 퓨전 판타지 소설

공전절후! 쾌감작렬!
청어람이 선보이는 판타지의 신기원!

『죽은 자들의 왕』

대륙 최고의 어쌔신 길드 블랙 클라우드.
어느 날 내려진 섬멸 명령으로 인하여 하루아침에 멸망했다.

그러나……

"오랜만이다, 동생아."

어릴 적 헤어진 동생을 찾아 국경을 넘은 그레이너.
그러나 동생은 죽음의 위기를 겪고,
이제 동생의 모습으로 새로 태어난 그레이너가
모든 음모를 파헤치며 나아간다.

사라졌다 여겨진 전설이 끝나지 않고,
이제 대륙을 뒤흔드는 폭풍이 되리라!

Book Publishing CHUNGEORAM

유행이 아닌 자유추구—
WWW.chungeoram.com

아버지라 생각한 자의 배신.
그렇게 이방의 사막에서 죽음을 맞이했다.

그러나, 죽음은 끝이 아니라 새로운 시작이었다!

카이스트 최연소 입학.
하늘이 내린 천재,
과학력을 한 단계 진보시킨 과학자!

복수를 위하여 이계에서 살아남고,
기어코 현대로 다시 돌아온 이은우!

"이제 시작이다, 나의 성공가도는!"

세상이 몰랐던 총수의 귀환!
이은우, 그가 돌아왔다!

Book Publishing CHUNGEORAM

 유행이 아닌 자유추구 -
WWW.chungeoram.com